정오의 거울

국립중앙도서관 출판예정도서목록(CIP)

정오의 거울 : 일상의 흔적들을 쓰다듬는 내면 치유 에세이
/ 지은이: 강은미. -- 대전 : 지혜 : 애지, 2016
p. ; cm. -- (지혜사랑 산문선 ; 005)

ISBN 979-11-5728-198-5 03810 : ₩12000

한국 현대 수필[韓國現代隨筆]

814.7-KDC6
895.745-DDC23 CIP2016018733

지혜사랑 산문선 005

정오의 거울

강은미

지혜

작가의 말

횡단보도 중간 쯤에서 한 아이가 우물쭈물거렸다. 파란불이 심하게 흔들렸기 때문에 그 아이는 돌아가야 할 것인가, 그냥 가야할 것인가 순간 망설여졌던 것이다. 아이의 얼굴이 일그러지면서 울음이 금방 쏟아져 나올 것 같았다. 그때, 한 노인이 그 아이의 팔을 끌고 씩씩하게 횡단보도를 건넜다. 아이는 인사도 않고 잽싸게 학교로 뛰어 갔다. 주행 신호가 켜지기를 기다리던 나는 알 수 없는 안도감과 알 수 없는 눈물이 두 방울 똑똑 맺혔다.

옷장 속을 열어보면 '이제는 포기해야겠구나'하는 옷들이 꽤 있다. 그래도 못버리고 한참이나 묵혀두곤 한다. 그러다 보면 3년이, 7년이, 10년도 넘게 흘렀다는 걸 알게 된다. 다 어제 일 같은데… . 이 글들도 그런 격이다. 서랍 속에 한참이나 묵혀 있던, 까마득하나 선연하고, 부끄러우나 당당해지고 싶은, 횡단보도의 그 아이같은. 빨리 건너가버리고 싶은, 지금 건너지 못하면 영원히 못건널 것 같은 불안함. 뭐가 그리 무서워서 아직도 우물쭈물거리는가 말이다. 그래서 눈 딱 감고 내놓는다.

돌아보면, 크게 뉘우칠 일은 없으나 심히 부끄럽긴 하다. 지금 이 글은 서른의 끝자락과 마흔의 초입 사이에 쓴 글들이다. 10년 전의 기록이니 때론 오글거리기도 한다. 지금 썼다고 별반 달라질 것은 없다. 여전히 산다는 것은 부끄러운 일이니. 산은 오르고 오르면 정상이 보인다지만 삶은 가도가도 끝없는 동굴 속 미로같다. 어머니의 자궁속이 여한없는 놀이터였음이 여실히 증명되는데 어찌 돌아갈 수 있단 말인가.

아직 부끄러움이 많다는 건 내가 글을 쓸 이유가 되는 셈이다. 어릴 적 친구들은 나를 '말몰래기'로 기억한다. 어느 동창은 "니가 말하는 것을 한 번도 들은 적 없다"고 아예 대놓고 말한 적도 있다. 거기엔 일종의 트라우마 같은 경험이 있다. 시골 마을의 팽나무 아래서 웅성거리던 동네 어른들의 때늦은 수다와 매미소리…. 칼칼거리며 울어대는 매미소리에 선연히 묻어나오던 "쟈네 아방은 이… ."로 시작대던 말들. 그 말들에 아직도 나는 현기증을 동반한 구토증을 느낀다. 그래서 고질적으로 말 많은 사람을 싫어하고, 한때는 '웅성거리다'와 '웅숭깊다'를 서로 친척뻘인가보다 생각해 누가 '웅숭깊다'하면 기분이 나빴다.

그런 시간들에 감사한다. 천성 부끄러움이 많은 아이로 자라게 한 아버지에게 감사한다. 이건 진심이다. 아버지는 4 · 3의 희생자이며, 상처를 딛고 일어선다는 게 얼마나 어려운 일인지 스스로 패배자가 됨으로써 보여주셨다. 아버지에게 유일한 낙은 술이었다. 그로 인해 나는 한 사내에겐 자식도 낙이 될 수 없다는 것을 일찍이 알게 되었다. 아버지는 술로 세상을 뜨셨으니 술이 영원히 그의 아픔을 씻어주는 동반자가 될 수 없음도 몸소 보여준 셈이다. 그런 점에서 아버지는 온몸으로 삶을, 인간을 가르쳐준 분이다. 아버지의 심장에 견디기 힘든 아픔을 투석한 역사의 흔적들에 이제 겨우 동일시의 감정을 느낀다. 아버지의 원한이 내게도 대물림 되고 있는 것인지 가끔씩 알 수 없는 것들이 훅훅 올라온다. 혹여 아직도 '4 · 3'이니 '변방'이니 하면서 칭얼대고 있는 글쟁이가 있냐고 비아냥거린다면 내 심장에서 칼칼거리는 매미의 울음소리 들릴 수도 있다.

이렇듯 비장해지고 싶다는 고백이다. 오래 묵혀두었던 글을 부끄럽게 내놓는 이유가 이것이다. 더는 부끄러워만 할 수 없어서. 그러기엔 현실이 더욱 창백해지고 있어서. "모두가 병들었는데, 아무도 아프지 않았다"는 이성복 시인의 시가 아직도 유효하다고 하기엔 내 삶이 너무 안일한 것 같아서. 그래도 다시 걸을 수 있도록 옆에서 부추겨주고 있는 이들이 있어 힘이 된다. 고마움을 이 책으로 대신한다. 이런 뻔뻔함 또한 용서하기 바란다.

2016년 초여름 강은미

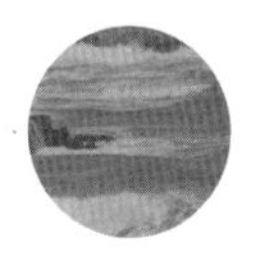

그림자의 무늬

포만감 뒤에 더 큰 공허감이 온다는 건 밀물이 빠져 나간 것을 보면 알 수 있다. 가슴 가득 안았던 것들이 한꺼번에 쓸려가는 것을 보고서야 '쓰라림'의 어원을 이해한다.

원래부터 제 것이 아닌 것을 제 것인 양 움켜쥐려던 아둔함이 쓰리다.

한 발짝, 내 딛는 걸음이 미세하게 흔들린다. 바닷물이 빠져나간 자리, 이대로 밀려갈 것만 같아 앞 다리에 힘을 모은다. 더는 나아갈 수 없어 멍하니 바라보는 수평선은 아득하기만 하다. 한차례의 파도가 가슴 가까이 왔다 밀려간다. 한바탕 훑고 가도 좋으련만. 할 말을 잔뜩 담고 달려오다 한도 끝도 없어 맥풀어진 형세다. 가도 가도 만날 수 없는 지점이 거기인 줄 알면서 무엇에 미련을 두고 있는 것일까.

바위 등에 자리를 깔고 날개를 퍼덕이며 깔깔거리던 웃음들은 다 어디로 간 것일까. 물줄기가 빠져나간 자리, 허기진 정신의 무늬처럼 한 줌의 기포들만 헛구역질을 해댄다. 손등과 손바닥이 한 손 안에서 엎치락뒤치락, 웃음과 한숨도 가슴 안에서 모아졌다 흩어졌다를 반복한다. 웃음 뒤에 한숨이 더 크게 들리는 것은 그림자 때문일 것이다. 웃음의 잔영들이 아직 떠도는데 실체는 사라지고만 것에 대한 당황스러움. 언제나 웃음은 나의 현실이고 한숨은 소설 속 주인공 몫이기를 바라는 것이다.

포만감 뒤에 더 큰 공허감이 온다는 건 밀물이 빠져나간

것을 보면 알 수 있다. 가슴 가득 안았던 것들이 한꺼번에 쓸려가는 것을 보고서야 '쓰라림'의 어원을 이해한다. 원래부터 제 것이 아닌 것을 제 것인 양 움켜쥐려던 아둔함이 쓰리다.

그림자에 천착하게 된다. 뼈와 살을 발라버린 박제화된 실체, 거품이 사라지니 현재가 서늘하다. 고개를 떨굴수록 그림자는 하늘을 향하고 있다. 하늘과 나 사이 그림자가 있다. 그리고 저 바다가 있다. 현실과 이상의 간극에서 진실의 거처가 어딘가에 있을 것이라는 믿음이 있었다. 그림자는 내게 '너의 진실이 무엇이냐'고 묻는다.

깃털처럼

더 많이 갖지 못한 것에 애석해하지 말며, 더 많이 쓰다듬지 못한 것을 부끄러워하며, 헛된 욕심 다 털어내어 기꺼이 낙엽이 되리라. 깃털처럼 가벼워지리라. 비로소 내가 되리라.

제 발소리에 제가 놀란다. 한 무더기의 낙엽이 가로등 불빛 아래서 심야 캠프를 하고 있다. 제각각 삶의 이력들을 지닌 그들은 누렇고, 붉고, 검은 얼굴을 하고 있다. 바람이 그들 무리의 경계를 흐트러뜨린다. 경계가 무너지면서 낙엽들은 흩어졌다 모아졌다 뒤집어졌다 굴러갔다하며 열다섯 살의 웃음을 보여준다. 누렇고, 빨갛고, 거무튀튀하고, 하얗고…. 제 각각 다른 색깔들의 웃음들이 조화롭다.

낙엽수에게 가을이 깊어간다는 건 어떤 의미일까. 바람과 햇살에 몸 섞으면서 오래 견디고 버티어 온 그들. 한때 나비와 벌들이 들끓었던 시절도 있었으리라. 제 속의 양분들을 다 뽑아내느라 안색이 바래지고 비로소 가야할 때가 온 그들에게 자기애라는 것이 무엇인가. 놓아버림, 그것이 낙엽들에게서 배우는 자기애이다.

영원히 사는 길은 마음을 비우는 것이리라. 나무와의 인연을 끊고 제 명줄을 스스로 내놓음으로써 비로소 생의 본질로 돌아가려는 낙엽들. 지금 그들은 생의 마지막 축제를 치르고 있는 셈이다. 깔깔거리며 웃다가도 숙연해지다, 박수를 치다가도 눈물을 찔끔거린다. 열심히 살아온 스스로에게, 세상의 청소부 역할 톡톡히 해 온 서로에게 축복의 말을 전하고 있는 것이다.

낙엽들의 수다에 한참 서성거리다 발걸음을 떼며 악수는 청하고 와야 할 것 같아 낙엽 몇 장 손바닥으로 스윽 쓰다듬어본다. 그들의 손바닥에서 물기를 다 내어준 용기를 본다. "남달리 손이 희어서 슬프구나"던 정지용의 시가 스친다. 세상의 거친 바닥을 힘껏 쓸어보지 못한 내 손이 오늘은 가엾다.

그 손을 모아 기도한다. 더 많이 갖지 못한 것에 애석해하지 말며, 더 많이 쓰다듬지 못한 것을 부끄러워하며, 헛된 욕심 다 털어내어 기꺼이 낙엽이 되리라. 깃털처럼 가벼워지리라. 비로소 내가 되리라. 낙엽의 훈수는 짧았지만 악수의 여운은 길다.

저기, 길이 있었네

손끝에 머무는 바람, 풀섶에 숨은 이질풀의 눈망울, 이 가지와 저 가지를 넘나들며 길을 내는 새들의 심장소리를 어찌 들을 수 있었겠는가. 현재와의 합일되고 충만한 사랑 끝에 오는 것이 솣덩이거나 붉은 열매이거나 시인 것을 나는 앉아서 다 받아 적으려 했으니, 이 대책없는 오만함이여.

"휴우~"

오랜만의 산행에 초입부터 숨이 가쁘다. 기름 낀 몸과 마음, 산행이 결코 가볍지만은 않다. 숙제처럼 산을 오르며 나무와 꽃들과 나비에게 말을 걸어본다. 이 또한 무슨 의무라도 되는 것처럼 인위적이다. 살가운 말 건네는 데 인색한 내가 상냥한 웃음을 가진 여인의 흉내를 내는 일은 부담스럽다. 사진기 앞에서 늘 경직돼 있는 나를 본다. 흰 나비가 자꾸만 내 눈앞에서 날개를 퍼덕이더니 "휘리릭!" 풀섶으로 숨어버렸다. 행운이 눈앞에서 사라지는 듯 아쉽다. 발밑에서 이질풀이 옹알이를 한다. 좀 안아달라는 소리 같다. 카메라를 접사 렌즈로 바꾸고 이질풀의 얼굴에 초점을 맞춘다. 앙증맞은 얼굴에 핏기가 벌겋게 솟는다.

"후두둑"

가막살나무가 내 어깨에 부딪히면서 빨간 열매들이 떨어진다. 오밀조밀 모여 한목소리를 내는 녀석들의 눈빛이 나를 압도한다. 햇살과 바람과 비만 먹고 살아온 자들의 당당하고 똘똘한 목소리다. 가을 나무의 열매들은 하나같이 붉거나 검다. 어둠을 다 갈아 마신 자의 심장에서 나는 빛깔 같다. 나도 저와 같은 시를 쓰겠다고 마음먹었던 적 있었으리라.

"파다닥"

억새 틈에 숨어 있던 꿩 한 마리가 내 발소리에 놀라 날쌔게 몸을 날린다. 희끗희끗한 억새의 머릿결이 햇빛에 운치있게 빛난다. 반질반질한 머릿결을 한웅큼 제끼면 그 아래 방금 낳은 꿩알이 있을 것만 같다. 열두어 살 적이었던가. 억새밭에서 주워온 꿩알을 보고, 어머니는 "갸네 어멍은 어떵허느니게. 갖다 놩 오라"며 단호한 제주 사투리로 꾸중하는 바람에 얼마나 당황스러웠던지.

"야호~!"

오름의 정상이다. 안개 자욱한 그림 한 장이 내 눈 앞에 펼쳐진다. 산 아래 또 산이, 길 아래 또 길이 있다. 겹겹이 산으로 둘러싸인 원 안에 크고 작은 집들과 밭, 길들이 제각각 서로 적당한 간격을 유지하며 오롯이 앉아 있다. 어, 저기도 길이 있었네? 길 안에 또 길이 보인다. 한 번도 가보지 않은 저 길, 방금 나는 저 길을 스치며 왔다. 길 위에서 길을 수없이 잃으면서.

지금, 내 눈 앞에 있는 것들이 소중하다는 말은 수없이 들어왔다. 하지만 떠나보지 않고 느낄 수 있는 길은 없는 법이다. 길을 나서지 않았다면 이 손끝에 머무는 바람, 풀섶에 숨은 이질풀의 눈망울, 이 가지와 저 가지를 넘나들며 길을 내는 새들의 심장소리를 어찌 들을 수 있었겠는가. 현재와의 합일되고 충만한 사랑 끝에 오는 것이 숯덩이거나 붉은 열매이거나 시인 것을 나는 앉아서 다 받아 적으려 했으니, 이 대책없는 오만함이여.

"딱딱딱딱딱!"

정신 차려 이 사람아! 딱따구리가 그걸 이제 알았냐고 호되게 나무줄기를 내려치다 꽁지를 감춘다. 본질적인 것들은 언제나 뒤통수를 치며 온다.

가을 연못

바닥은 드러낼수록 상처가 더욱 깊다. 퍼 올리면 퍼 올릴수록 무의식의 빙산은 더욱 큰 몸집을 드러내고, 바위를 들어 올리려는 순간, 블랙홀 속으로 휘말리고 만다. 현재를 넘어서는 데는 현기증과 더불어 균열이 인다. 균열이 난 얼음 위를 걷는 일은 위험하다. 그래서 사람은 바닥에 이르는 것을 가장 두려워하는 것이리라.

잃어버린 한 조각을 찾아 나섰던 헐벗은 영혼들이 태고의 양수 속으로 추적추적 젖어들고 있다. 바닥을 드러내고 있는 가을연못은 낮아진 수위만큼 하늘을 들여놓았다. 하늘의 품 안으로 빈 몸 빈 손들이 젖은 채로 드러누웠다. 여리고 슬픈 영혼들을 감싸는 일에 연연하던 연잎들도 오늘은 만신창이가 된 채 입만 벌리고 누웠다. 여름 내내 사랑을 부채질 하던 자귀나무는 씨앗 여럿 품은 채 생을 놓았다. 세상의 쓴맛 단맛 다 맛 본 채 패잔병처럼 한숨이 깊어진 이들의 이마 위로 하얀 구름이 쓰다듬고 지나간다. "아무 걱정 말아. 그만하면 됐다."

기력을 잃은 채 수면 위로 둥둥 떠다니는 연잎들의 발밑에서 뽀글뽀글 기포가 일고 있다. 누군가 살아 있다는 증거다. 이 맛일까 저 맛일까, 이 빛일까 저 빛일까. 어미의 탯줄에 의지해 세상을 쪽쪽 빨아대던 태초의 기억들. 흐린 눈으로 감지되던 바람의 손길마저도 예사롭지 않던, 때 묻지 않은 태초의 순수기억은 언제든지 돌아가고 싶은 원초적 그리움이다. 모든 생명 있는 것들은 영원으로 돌아가려고 하는 욕망을 포기하지 않는다. 어미의 젖가슴을 빨아대며 몸통을 키우고, 꽃을 피우고, 열매를 맺고, 그 씨앗들을 날려 보내고 난 뒤 서서히 수의로 갈아입는 여정. 그것은 태초의 기억 속으로 돌아가는 새로운 시작이다.

카메라를 들고 연못 속 하늘과 정면으로 마주선다. 하늘의 솜털마저도 다 찍어버리겠다는 내 비장함이 오히려 수면 위에 걸리고 말았다. 연못 속에 카메라를 든 나의 빈속이 훤하게 비친다. 카메라는 나를 뚫고 바닥을 헤집는다. 수없이 쓰다만 그리움의 연서가 먹물처럼 고였다. 고요한 슬픔이 때로는 숨 막히는 진실로 다가오듯 바닥에 맞닿은 현실이 그리 오래지 않아 그 바닥을 드러내리라. 바닥은 드러낼수록 상처가 더욱 깊다. 퍼 올리면 퍼 올릴수록 무의식의 빙산은 더욱 큰 몸집을 드러내고, 바위를 들어 올리려는 순간, 블랙홀 속으로 휘말리고 만다. 현재를 넘어서는 데는 현기증과 더불어 균열이 인다. 균열이 난 얼음 위를 걷는 일은 위험하다. 그래서 사람은 바닥에 이르는 것을 가장 두려워하는 것이리라.

호흡이 가빠진 폐 속으로 하루에 한 번 하늘을 투석하는 가을 연못. 먹물 투성이의 현실을 다발다발 끌어안은 연줄기가 바닥에 붙박은 채 안간힘을 쓰고 있다. 피고 지는 것이 생명 있는 모든 것의 숙명이듯 열렸다 닫혔다, 고였다 흐르다 연못 속의 우주는 오늘도 끊임없이 변화 생성하고 있다. 낮은 데로 낮은 데로 뿌리를 내리는 어둠, 그 기도가 깊어지면 가을이 가기 전 마지막 연꽃 하나 피우리라. 두 손 모은 꽃 한 송이 방금 수면 위로 떠오른다. 기도는 힘이 세다.

아름다운 것들에 대해

몸을 움직여 일하는 자의 말은 경쾌하다. 그의 삽질은 제 가슴을 향한 삽질이기 때문이다. 그가 휘둘렀던 무수한 삽질의 횟수, 그 횟수에 반비례하여 말은 물기가 없고, 간단 명료하다. 때론 곡괭이처럼 통쾌하다.

가고 오는 것이 교차되는 시점에서는 잠시 묵도의 시간이 필요하다. 한때의 열정을 불태웠던 것들이 식어가고, 새로 움트는 사랑이 찬바람에도 푸릇푸릇 움츠렸던 어깨 죽지를 펼쳐 보이고 있다. 한자리에 붙박은 일념이 어느 날 뿌리째 뽑혀 쓰레기 더미에 버려진다면… . 봄부터 늦은 가을까지 한 자리에서 제 생을 성실하게 지탱해 온 고추나무가 뿌리째 뽑혀 연탄재 더미에 내동댕이 쳐져 있다. 바삭바삭 말라가는 붉은 고추 사이로 흰 이빨들이 가지런하다.

세 평 남짓의 텃밭에 터를 잡은 가지와 고추, 상추, 대파 식구들은 주변의 정황과 상관없이 무럭무럭 자라고 있다. 죽고 사는 것이 내 몫은 아니라는 듯이 텃밭의 식구들은 제 생명 간수하는 일에 여념이 없다. 어쩌면 그들에게 무지몽매는 자기애의 유일한 조건일 것이다. 무엇이 그리 아픈가. 그냥 살면 될 것을.

막물 가지들은 거무튀튀한 살갗에 숨소리가 거칠다. 키가 작고 오그라들어 오가는 이의 눈길을 받지 못했는지 한 계절 내내 그대로인 듯 하다. 간택되지 못하는 운명의 표상인 듯 애잔하다. 태생에 의해서든 환경에 의해서든 선택받는 일은 축복이다. 하지만 선택되는 축복에 크게 기뻐할 일도 아니다. 선택은 자유의 종말을 뜻하기도 하는 것이기에.

텃밭 중앙에 삽 하나가 땅과 수직으로 꽂혀 있다. 미끈미끈해진 손잡이에서 노동에 익숙해진 한 사내의 노련함을 본다. 주인은 삽을 꽂아놓고 어디로 간 것일까. 구겨진 종이컵을 보면 잘근잘근 씹던 그의 고독을 짐작할 수 있다. 텃밭 식구들을 돌보며 김을 매고 삽질 하는 내내 그는 무슨 노래를 불렀을까. 노동하는 자의 노래에서는 뼈 속에서 우러나오는 깊은 공명을 느낀다. 무릎을 꺾고, 오므린 가슴 안으로 얼마나 많은 울음을 삭여 왔는가. 가끔은 그 울음이 욕으로 돌변하기도 한다. 삽질을 하면서 세상을 향해 팍팍 찍어대는 욕지거리, 욕의 강도가 심하면 심해질수록 묘한 카타르시스를 동반한 뜨거운 피가 한 바퀴 돌겠지.

몸을 움직여 일하는 자의 말은 경쾌하다. 그의 삽질은 제 가슴을 향한 삽질이기 때문이다. 그가 휘둘렀던 무수한 삽질의 횟수, 그 횟수에 반비례하여 말은 물기가 없고, 간단명료하다. 때론 곡괭이처럼 통쾌하다. 막가는 세상에다 대고 "개좆같다"고 곡괭이처럼 찍는 말, 세상 바닥과 직면해본 자만이 쏘아댈 수 있는 아름다운 언어다. 도처에 눈밖에 있는 것들은 아름답다!

사랑에 길을 잃다

시간은 맹목적으로 영원을 지향한다. 그래서 인간의 몸은 스스로 조작설에 시달리기도 한다. 기억을 조작해서 제 몸에 각인하는 것이다. 지나간 과거는 모두 아름답다고 혹은 절망적이라고 느끼는 것은 조작설에 의한 것이다. 그래야만 내가 살 수 있었으니까.

음악을 듣다 추억에 길을 잃고 두어 시간째 커피 잔과 독대하고 앉았다. 습관처럼 마시다 구토증이 있어 남겨둔 밀크커피에 시선이 머문다. 서로가 서로에게 스며들지 못해서 식어버린 사랑이 얼마나 많았던가. 한때의 부드럽고 뜨거웠던 사랑이 식어갈 때도 이처럼 둥둥 떠다니는 허무만이 유유했지. 열정이 사라지면 사랑은 아무 것도 아닌 것이 돼버리는가.

프림의 속성은 열과 수분에 의존할 수밖에 없다는 것이다. 열과 수분이 그것의 몸을 가두지 않으면 고체덩어리가 되고 만다. 열과 수분을 머금은 시간이 정지된 채 그것을 영원히 감싸고 있어야 하는 것이다. 하지만 물질 덩어리는 그 스스로 열과 수분을 만들어 내는 능력을 갖지 못한다. 누군가 끊임없이 열과 수분을 공급해줘야 하는 것이다. 이처럼 사랑이 식어버리는 건 시간을 내 몸에 가두지 못하기 때문이다. 그러니 사람이나 프림이나 똑같다.

사랑의 원동력은 열과 바람이다. 끊임없이 열을 내며 바람을 타고 누군가를 향해 달려간다. 한시도 떨어지지 않고 가슴 속에 머물길 원한다. 서로의 온기와 향기, 눈빛, 목소리를 제 몸에 가두려한다. 시간이 지나면 사라져버릴 것을 두려워하면서 한시도 잊혀지지 말기를 갈망하는 것이다. 그것을 사람들은 '사랑'이라고 하는 것이 아닐까. 시간을 부여잡고 싶은 욕망의 다른 말인 것이다.

시간은 맹목적으로 영원을 지향한다. 그래서 인간의 몸은 스스로 조작설에 시달리기도 한다. 기억을 조작해서 제 몸에 각인하는 것이다. 지나간 과거는 모두 아름답다고 혹은 절망적이라고 느끼는 것은 조작설에 의한 것이다. 그래야만 내가 살 수 있었으니까. 과거의 영상이 뼈만 앙상한 채 있다가 어느 순간, 실체가 또렷해질 때가 있다. 더 이상 과거가 현재에 영향을 주지 않을 만큼 내가 다른 사람이 되어 있을 때다. 어쩌면 그때 진실이 보이는 건 아닌지. 너와 나, 있는 그대로가 전부였는데….

추억을 돌아 나오는 길은 씁쓸한 원두 맛이다. 식은 커피를 버리고 따뜻한 차 한 잔 다시 끓여 가슴에 대본다. 팽팽하던 시냅스가 스르르 풀리면서 온몸이 노곤해져 온다. 커피 한 잔을 앞에 두고 이성과 감정이, 과거와 현재가, 사랑과 이별이 널을 뛰다 제 풀에 꺾인 모양이다. 저 혼자 돌아가던 CD의 볼륨을 높인다. 노래는 아무리 들어도 한 소절만 뚜렷이 들리는 이유는 무엇일까. Love me tender Love me sweet Never let me go.

향랑자의 잠

> 나의 얄팍한 관음증이 그의 생명력을 자극한 것임이 분명하다. 제 꾀에 제가 속는 이 참을 수 없는 얄팍함이여! 바퀴벌레의 단단한 가슴팍을 보게나. 이쯤에서 철들지 않아도 되겠는가!

무슨 연유인지 모르지만 이렇듯 뒤집어진 채 일어설 수 없을 만치 괴로운 날도 있기 마련이다. 그렇다고 그것이 죽음은 아니기에 심장의 박동을 죽이고 잠시 휴식의 시간을 가져야 한다. 미끄러운 장판을 등짝으로 아무리 밀어낸들 그 자리에서 맴돌 뿐 일어설 리는 만무하기 때문이다. 향랑자 그 특유의 생명력을 믿어보지만 오만은 금물이다. 이럴 땐 죽은 척 그냥 있어 보는 것이 최선이다. 이까짓 것, 숨 한 번 크게 고르는 셈 아닌가.

새벽 공기가 제법 차갑다. 전기난로에 기대어 손을 부비며 책을 보다 "호르륵" 기어가는 그 녀석을 정면으로 마주한 건 새벽 한 시 정도이다. 눈 깜짝할 새 어디론가 숨어버리더니 화장실 문을 열려는 순간, 마룻바닥에 벌렁 드러누운 채 여섯 개의 다리만 발발거리고 있는 그를 다시 보게 되었다.

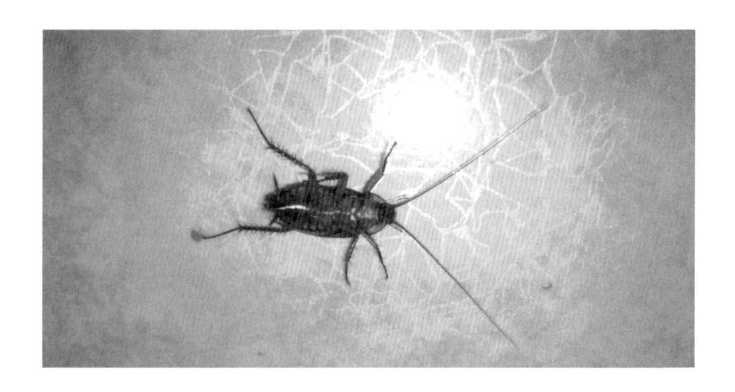

아무리 옴짝거려도 바닥에 붙어버린 등짝을 되돌릴 수 없는지 버둥거림과 쉼을 반복하다 죽은 척 아무런 거동도 하지 않는다. 나의 시선을 의식했을 터이다. 숨소리가 들리지 않도록 가까이 가서 카메라를 들이대자 그 녀석의 발버둥은 간절하다 못해 절망에 가까웠다. 파리채 세례를 퍼부을까,

아니면 빨리 도망가라고 일으켜 줄까.

한참동안 나와의 눈싸움에 지쳤는지 쭉쭉 뻗던 발목 마디 마디를 오므리며 다리를 자유형 자세로 바닥에 붙이고 눈을 아래로 덮는다. 핏기가 솟던 더듬이는 팔자 형으로 내려놓고, 벌렁거리던 가슴도 닫아두었다. 이제 잠시 숨을 고르고 불이 꺼지기를 기다려야 할 것이다. 그때 재 거동을 시도하는 거다.

카메라를 들이대고 실실거리며 즐기다 잠시 거리를 두고 내 그림자를 본다. 아직 웃음을 다 숨기지 못한 입가로 이죽거리는 섬뜩한 기운이 솟는다. 살리지도 죽이지도 않으면서 발버둥치는 바퀴벌레를 한참이나 쳐다보고 있는 나의 모습에서 섬뜩함을 본다. 죽든지 살든지 해볼 테면 해보라는.

어쩌면 이들의 복수는 지금부터 시작이 아닐까. 촉수는 이성을 앞지르기 때문이다. 내가 눈을 돌린 사이 그는 벌떡 일어나 어디론가 숨을 것이고, 어느 날 새끼들을 풀어놓고 내 밥상 위로, 내가 읽는 책 속에서 불쑥 튀어나올지도 모를 일이다. 어쩌면 한 이불 속에 같이 누워 나의 가슴을 더듬을지도…크악! 이런 상상을 하는 사이, 그의 행보는 어둠 속으로 사라지고 말았다. 나의 얄팍한 관음증이 그의 생명력을 자극한 것임이 분명하다. 제 꾀에 제가 속는 이 참을 수 없는 얄팍함이여! 바퀴벌레의 단단한 가슴팍을 보게나. 이쯤에서 철들지 않아도 되겠는가!

휘날리는 해방구여!

가진 것이 없다는 것, 그것은 '자유'다. 아무것도 주어지지 않음으로 무엇이나 상상할 수 있는 자유, 잃을 것을 염두에 두지 않아도 되기에 두려움 없이 낙서할 수 있는 자유. 낙서는 현실이 되고, 현실은 벽을 넘어 예술을 낳는다.

어둠 속에서는 미미한 숨소리마저 거친 울림으로 다가오듯 창호지 너머 저 세상은 언제나 호기심의 대상이다. 콩닥거리는 가슴을 잠재우며 창호 벽 너머를 엿듣고 싶은 충동을 오래 참아 본 자는 알 수 있다. 종이 한 장을 두고 세상 안팎을 넘나드는 일이 인간의 초감각을 일깨우는 가장 단순하면서도 몰입의 위력을 경험하는 유희라는 것을 말이다.

엇그제 바른 창호문에 어린아이 검지 크기의 구멍이 뚫린 채 겨울로 들어서는 가난한 집의 안방은 바람의 해방구가 돼버렸다. 한 해 내내 벽 전면이 아이들의 벽화 작업장이 되었고, 창호지 바른 문은 그들에게 저 너머를 꿈꾸게 하는 상상의 놀이터가 돼 준셈이다.

벽화 속에서는 한겨울에 딸기가 자라고 있고, 우주로 보낸 아폴로 1호가 교신을 통해 끊임없이 그곳 소식을 보내오고 있다. 처음 그곳에 도착한 우주인은 목이 말라서 물을 구하기 위해 지하수를 팠고, 땅을 판 김에 도로도 건설했으며 자동차도 몇 대 들여다 놓았다. 한적한 도로에 훼밀리 마트도 하나 생겼다. 요즘은 그곳에 물건을 채워놓느라 바쁘다. 어느 날 '패떴다' 팀이 이곳 우주 신도시를 방문할지도 모를 일이다. 그럼 효리를 만날 수 있는 행운이….

처음이 어렵다. 한 번 뚫린 구멍은 금기시 되던 것의 경계를 허물게 한다. 손톱으로 "쿠욱" 한 번 눌러보던 조심스러움이 어느 날부터인가는 엄지손가락이 푹푹 들어가고, 급기야는 주먹 하나가 왔다 갔다 한다. 그러다 창살마저 어긋나는 난리를 치르고서야 일의 심각성을 알아챘다. 그래도 아이들에게는 포기할 수 없는 게 놀이이다.

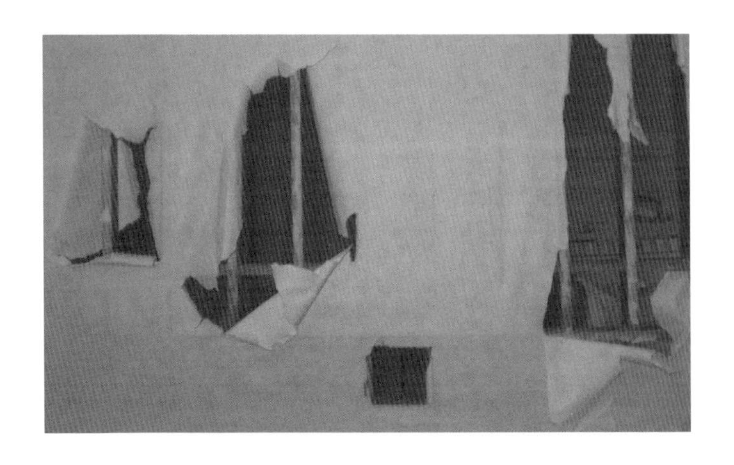

이쯤이면 될까? 물로 해묵은 종이때를 벗겨내고 마른 수건으로 창틀을 문지른다. 그리고는 가로 80, 세로 38센티미터의 직사각형의 창틀에다 미색의 창호지를 대본다. 묘한 웃음이 내 입가에 흐른다. 저만치 신혼방의 문이 다소곳이 닫히고, "차르르…" 흘러내리는 옷고름, 숨 막히듯 고요히 얼굴을 덮는 아사 이불의 감촉, 레이스를 덧댄 이불의 끝단을 살짝 넘어 꼼지락거리는 발가락, 까르르 휘감기는 웃음…. "엄마, 정신 차려!"

가진 것이 없다는 것, 그것은 '자유'다. 아무것도 주어지지 않음으로 무엇이나 상상할 수 있는 자유, 잃을 것을 염두에 두지 않아도 되기에 두려움 없이 낙서할 수 있는 자유. 낙서는 현실이 되고, 현실은 벽을 넘어 예술을 낳는다. 아이들이 뚫어놓은 창호문에서 나는 상상력의 자유로운 유영과 무한한 창조성을 예감하는 예술적 영감을 본다. 빈 공간의 크기만큼 내 영혼의 해방구는 무한지름이니, 그 화이트홀 속을 유영하는 즐거움도 만만치 않으리.

뻔뻔한 사랑을 위하여

세상 의지할 때가 아무 데도 없구나 싶을 때, 아버지의 지독했던 발냄새를 떠올리면 콧등이 시큰 저려온다. 세상과 섞이지 못하고 집안에서만 푹푹 절었던 고독한 사내의 아득한 시간이 암모니아 냄새로 진동하기 때문이다.

매일 반복되는 일상에 무력감을 느낄 때 나는 더운 여름날 어머니의 젖가슴에서 풀풀 풍기던 쉰내를 떠올린다. 내가 기억하는 한, 어머니의 몸에서 쉰내가 사라진 적은 없다. 세상 의지할 때가 아무 데도 없구나 싶을 때, 아버지의 지독했던 발냄새를 떠올리면 콧등이 시큰 저려온다. 세상과 섞이지 못하고 집안에서만 푹푹 절었던 고독한 사내의 아득한 시간이 암모니아 냄새로 진동하기 때문이다.

먹어도 먹어도 결코 배부르지 않던 눈물의 밥 같은 추억 몇 덩이는 가끔 나를 웃음 짓게 한다. 추운 겨울날 밤에 맨발로 아버지 앞에 시위하는 나를 '고팡'으로 이끌며 아무도 몰래 할머니께서 떠주던 꿩엿 한 숟가락, 연합고사 치르던 새벽에 주인집 할머니가 지어주신 찹쌀 고봉 밥 한 그릇, 초등학교 3학년 가을소풍에 도시락 한 켠에 허연 재가 묻은 채 눈만 보였던 갈치 대가리 한 조각….

아침 일찍 눈이 번쩍 뜨였다. 아이가 한 달에 두 번 가는 환경캠프에 도시락을 싸서 보내야 하기에 밤새 신경이 쓰였나보다. 오늘은 뭘 싸서 보낼까. 냉동실을 열어보니 햄 반 토막, 찌개용 돼지고기 반 근 정도, 냉동 해둔 미역 한 덩어리…. 딱히 반찬할 거리가 없다. 볶음밥은 지난번에 해버렸고, 할 수 없이 또 계란말이다. 달그락달그락 소리만 요란한데 아이는 벌써 깨어 눈을 부비며 나타난다. 늘 점심 메뉴가 기대되는 눈치다. 추우니 들어가라고 손사래를 요란스럽게 떨어본다. 아이는 저도 한 몫 거든다고 소매 걷어붙이고 들어온다.

계란 세 개를 까서 담은 그릇에 파를 송송 썰어놓고 수저로 마구 휘젓는 것을 본 아이가 "또 계란말이에요?"라며 퉁하고 입이 나왔다. "다음엔 맛있는 거 해줄 게. 추운데 들어가 있어." 실망한 아이가 휭 하고 들어간다. '미안해'라고 말하려다 그만 두었다. '바빠서'라고 하려다가 그것도 아니다 싶어 거두었다. 대신에 도시락 밥 위에다 "사랑해"라고 써보았다.

가면 갈수록 너스레만 늘고 있다. 도시락밥에다 "사랑해"라고 써놓고도 사랑이 뭔가 싶어진다. 사랑은 무슨, 유현이 버전으로라면 이게 뭐 사랑이야! 툭하면 라면이나 먹자고 하고, 책을 읽어준다면서 논술 문제 출제하고 앉았고, 아토

피가 있는 데도 춥다고 창문 꽁꽁 걸어 잠그고, 눈사람 만들며 밤새도록 놀고 싶다고 하는데 들어가서 영화보자고 꼬드기고…. 다 나 편하자고 한 일들 뿐. 이게 뭐 사랑이야.

아닌 것은 아니라고

햇살 한 줌 얻기 위해 고개를 비틀면서 금이 간 관절들을 모질게 떨쳐내는 비자나무의 혹독한 자기 사랑 법을 누가 알겠는가. 광폭의 힘에 맞서 긴 겨울을 눈감은 채 아닌 것은 아니라고 조용히 자신을 다스리고 있는 자의 진정한 용기를 또 누가 알겠는가. “非非非非非”, 비자나무는 그것을 온몸으로 보여주고 있다. 아닌 것은 아니라고.

숲으로 들어설수록 포근함이 느껴진다. 좀 더 가보면 따스해질 것이라고 긴 팔을 내밀어 길을 안내하는 녀석의 눈과 마주친다. 깃털처럼 두 줄로 마주나기를 한 가지 끝에 대롱대롱 열매들이 매달려 있다. 갈라진 가지의 마디 수를 세어보니 열다섯이다. 어찌 이 겨울을 견딜까. 솟구쳐 오르는 생명에의 충동을 억누르며 이 겨울을 잘 견뎌야 한다. 이른 행보가 이들의 세를 늘리는 데는 도움이 되지 않기 때문이다. 봄이 될 때까지 열 다섯 살의 나무는 무던히 외로워져야 하리.

백년은 더 살았음직한 비자나무라 하기에 할머니 손등을 만지듯 껍질을 쓰윽 하고 만져본다. 폭신폭신한 게 의외로 보드랍고 따스하다. 속이 단단해서 바둑판의 재료로는 일등품이라고 하는데 외유내강의 나무가 비자나무이다. 외유내강, 가장 강한 것은 완벽한 부드러움이라는 걸 비자나무를 보면서 생각한다. 자신의 내면 안에서 지독한 싸움을 치러야만 부드러움은 내 것이 될 수 있다. 그러니 부드러운 내면은 자신을 지독히 다스려낸 치열한 고뇌의 부산물인 것이다. 아직 여물지 못한 열 다섯 살의 비자나무는 몇 번의 겨울을 더 견뎌내야 할 것인지. 아이들을 생각하면 한숨이 절로 나온다. 이렇듯 살아가는 일들이 살얼음에 내맡긴 속살 같은데 나는 무엇이 서럽다고 징징대고 있는가.

"하하하하하", 한차례의 바람이 비자나무숲을 휩쓸고 지나간다. 단풍나무의 등허리가 심하게 흔들린다. 비자나무의 기세에 눌려 있는 듯 없는 듯 지나칠 뻔 했다. 저 너머의 박쥐나무는 팻말을 보지 않고서는 도통 알아챌 수 없다. 어찌 보면 세상 사는 일이 명함 한 번 내미는 일 같은데, 잡목 숲에서도 평등권은 주어지지 않나보다. 애써 흔들어대지 않으면 존재감은 무색해지니 말이다. "非非非非非", 등허리를 쳐맨 비자나무가 "무슨 소리?"하며 크게 호통을 친다. 아닌 것은 아니라고. 세상에 보이는 게 다는 아니라고.

맞다. 보이는 게 전부는 아니다. 햇살 한 줌 얻기 위해 고개를 비틀면서 금이 간 관절들을 모질게 떨쳐내는 비자나무의 혹독한 자기 사랑 법을 누가 알겠는가. 광폭의 힘에 맞서 긴 겨울을 눈감은 채 아닌 것은 아니라고 조용히 자신을 다스리고 있는 자의 진정한 용기를 또 누가 알겠는가. "非非非非非", 비자나무는 그것을 온몸으로 보여주고 있다. 아닌 것은 아니라고.

성문 밖 겨울 풍경

풍경 안에서 교회가 가장 낮은 데에 위치해 있다는 건 안심이 된다. 교회가 할 일은 억울한 사람, 외로운 사람, 아픈 사람의 영혼을 쓰다듬는 안수의 손길이 되는 것이다. 차라리 성전을 치우고 노상 예배를 하면 어떨까. 그러면 성가대는 당연 새들의 몫이 되리라.

세상의 모든 사물이 천망天網 안에 갇힌 듯 숨죽인 채 고요하다. 시린 코를 부비며 성문 밖을 한 시간째 돌고 또 돈다. 열기가 온 몸 안에 퍼질 즈음 가던 걸음을 멈춰 숨 한번 고르고 하늘을 본다.

하늘 가까이 집 한 채 보인다. 저 집에는 누가 들어와 살고 있을까. 허공에 떠 있는 걸로 봐선 하늘과 내통하며 심부름을 하는 이의 집이 아닐까. 새 한 마리 방금 그 문 앞에서 무언가 조아리더니 금세 달아난다. 그 집에 들기엔 너무 큰 새였나 보다. 어쩌면 저 집에 든 새는 동자새일지도 모르겠다. 내림굿을 받은 동자보살의 점괘가 잘 맞는다고 하니 어려운 세상, 새들의 세계에서도 동자새가 있을 법도 하다. 그렇다면 저 집은 점집?

풍요 속 빈곤, 인간 세상에서만의 문제는 아니다. 제 터를 잃어버린 새들이 산을 내려와 도시에서 살아남기란 여간 어려운 일이 아닐 것이다. 먹이를 찾아 사람들이 사는 주변으로 내려와 터를 잡은 녀석들은 비만과 고속 저하증에 시달리고 있는 게 현실이다. 새들에게도 자연사보다 사고사가 더 늘어나고 있다. 그들도 이미 문명의 세계로 진입한 셈, 그들의 의학 사전에도 '비만', '고속 저하증', '로드킬'이라는 낱말이 신조어로 등록되었을 것이다. 동자새가 방금 돌아간 그 새에게 적어 준 것은 아마 "맛있다고 다 주워 먹지 말고, 자나 깨나 조심조심, 사람 조심, 먹을거리 조심, 차 조심" 이라는 점괘가 아닐까?

발걸음을 옮겨 좀 더 밑으로 내려가 보니 '연리목連理木'이라 불리우는 사랑나무가 보인다. 뿌리가 다른 두 나무가 한 몸이 된 형세다. 가늘고 여린 나무가 듬직한 나무에 기대어 그 품 속으로 다소곳이 안긴 모습이다. 저처럼 막무가내로 안길 수 있으면 얼마나 좋을까. 사랑의 균형이 깨지는 것은 지나친 힘겨루기를 할 때일 것이다. 무슨 결핍이 그리 많아 사랑하는 사람에게마저 힘을 과시하려 하는가. 차라리 사랑받고 싶다고 말하는 것이 솔직한 마음 아닐까.

저 너머 '한라탕'이 보인다. '물 샐 틈 없이'라는 말을 이해하게 된 추억의 공간이다. 설 명절 전날 연례 행사로 찾았던 곳이 저 목욕탕이다. 자주빛 목욕 바가지, 옥돌이 박힌 벽면, 무엇을 눌러야할지 몰라 한참이나 바라보았던 샤워기 등 모든 것이 신기하게 보였던 한때가 있었다. 메밀국수처럼 뚝뚝 끊어져 나오던 뗏덩이를 보며 얼마나 부끄러웠던지. 등짝을 착착 두드리며 매운 손맛을 과시하던 어머니의 벌건 얼굴, 그때는 어머니가 정말 무서웠다. 어머니는 이제 삭은 나무가 되어 재채기할 때마다 우두둑 뼛소리가 난다.

느티나무 가지 끝에 십자가가 걸렸다. 지나가는 이의 눈빛과 마주치기에 딱 알맞은 거리에 있다. 내가 다니던 교회는 늘 마을의 꼭대기에 있었다. 아홉 살 크리스마스 때 친구

보연이가 다니던 삼일교회 앞에서 한나절 서성거리던 적이 있다. 몇 번이고 들어오라며 손을 흔들었던 목사 부인의 온화한 미소가 왠지 낯설고 두려웠다. 천사의 심장을 방금 이식해놓은 것처럼 어색함이 있었다고나 할까.

풍경 안에서 교회가 가장 낮은 데에 위치해 있다는 건 안심이 된다. 교회가 할 일은 억울한 사람, 외로운 사람, 아픈 사람의 영혼을 쓰다듬는 안수의 손길이 되는 것이다. 차라리 성전을 치우고 노상 예배를 하면 어떨까. 그러면 성가대는 당연 새들의 몫이 되리라.

벌집이 띄우는 편지

꿀이 만들어지기까지 그들 생의 파노라마를 생각하게 된다. 얼마나 많은 산을 넘었으며, 얼마나 많은 새들의 공격을 받았는가. 또한 얼마나 많은 꽃을 만났으며 얼마나 많은 이별을 하였는가.

모진 시간들을 보낸 영혼들이 겨울의 한복판에서 무거운 짐을 내려놓고 잠시 묵도의 시간을 갖는 듯 사방은 고요하다. 푸르게만 살고 싶었다는 대숲의 아쉬운 변명이 잠시 고개를 들었다가도 주변의 묵묵부답에 이내 잦아들고 만다. 하늘을 올려다보기가 민망한 듯 멀구슬 나무 열매는 연신 고개를 떨구고 숨을 참느라 이마의 주름만 졸아들고 있다. 여기까지 왔는데 더 바랄게 뭐 있겠는가.

머리채 다 뜯기고만 억새가 체념한 듯 대숲 저 너머로 시선을 돌린다. 체념의 그 목소리엔 모질게 견딘 시간에 대한 회한과 원망이 묻어 있다. 겨울의 한복판에선 모든 것이 자신의 내부에 집중되어 있기에 타자를 받아들일 만큼 여유롭지 못하다.

바다를 넘고 산을 넘어 이 수산봉 아래 호수에 이른 것들의 고단함을 배경으로 벌집이 일렬종대로 줄을 맞춰 서 있다. 벌집은 그야말로 '소리 없는 아우성'을 연상케 한다. 바깥세상과는 철저히 분리된 채 저 안의 세상은 상상을 초월할 만치 분주할 것이다. 인간의 세계보다 더 무시무시한 법의 세계가 존재할 것이며 초를 다투는 일사분란이 그들만의 세계를 단단하게 구축하고 있을지도 모르겠다. 벌집은 여왕 체제의 거대 군주국가라 하지 않는가. 수천 마리, 수만 마리, 수억 마리…. 감히 그 수를 헤아릴 수 없는 거대 집단의 생사고락이 암흑 속에서 일사분란하게 펼쳐지고 있다.

벌집의 내부구조는 육각형의 방들로 구성되어 있다는 것은 상식이다. 여러 개의 방을 이어놓았을 때 바람 한 점 들어가지 못하도록 하려면 육각형이어야 한다는 사실을 그들은 본능적으로 알아낸 것이다. 육각형이야말로 최소의 재료로 가장 튼튼하게 지어진 최적의 공간이라고 하니 벌들은 거의 신비에 가까운 기하학적 초능력을 갖고 있다고 할 수 있다.

벌집의 입구는 끈끈한 액체덩어리로 막혀 있으며 그 안에는 수천 개의 육각형 방이 단단하게 붙어 있다. 그 방 안에는 작게는 수십 그램, 많게는 수백 킬로에 달하는 꿀이 쌓여 있다. 벌들의 분업에 의한 생산물이다. 새끼 벌들이 잠을 자다 기척에 놀라 눈을 뜨면 방과 방 사이를 넘나들며 일벌들은 부지런히 일을 하고 있다. 청소를 하는 벌도 있고, 수집해 온 꿀을 안 살림하는 일벌에게 전달하거나 뱃속에 넣어 온 꿀을 있는 힘을 다해 뽑아내고 있는 벌들도 있다. 꿀이 만들어지기까지 그들 생의 파노라마를 생각하게 된다. 얼마나 많은 산을 넘었으며, 얼마나 많은 새들의 공격을 받았는가. 또한 얼마나 많은 꽃을 만났으며 얼마나 많은 이별을 하였는가.

꿈의 방류

거친 물살과 포식자들의 공격에도 무조건, 무조건 살아남아야 한다. 생명이 있는 한 존재 그 자체와 주어진 환경과의 싸움은 필연적이다.

우주의 첫 생명이 탄생하는 날도 이러했을까. 열릴 듯 열릴 듯 하늘의 자궁은 쉬이 열리지 않고, 흥건한 핏기만 자궁 문 앞에서 맴돌고 있다. 일찍부터 바위에 자리를 잡고 앉아 먼 하늘을 뚫어져라 쳐다보는 여인의 목덜미가 꼿꼿하다. 호주머니에 넣었던 손을 자꾸 빼내어 쥐었다 풀었다를 반복한다. '생각처럼 쉽게 되는 일이 몇이나 될까. 돌아보면 고개 넘어 산, 눈물이 바다를 이루지….' 여인의 가슴 깊은

곳에서 나는 소리가 이런 게 아닐까 생각해본다. "휴우"하고 숨을 고르는지 입김이 하얗게 퍼진다. 허리를 곧추세우고 다시 옷매무새를 가다듬는다. '몸의 경중도 마음 다루기에 달려 있겠지. 좀 더 기다려보자.' 숨을 고르고 나자 한결 가벼워졌는지 목덜미가 부드러워졌다.

새해 아침, 이곳 하도리 바닷가에는 수많은 인파가 몰려들었다. 해가 떠오르는 방향을 향해 서성거리며 서 있는 사람들의 입김이 눈발처럼 날린다. 기상정보에 의하면 해 뜨는 시간이 7시 36분이라고 했는데 벌써 30여분이 지나고 있다. 이대로 영영 못보고 갈 것인가. 내심 걱정스러움이 밀려오지만 누구 하나 원망의 소리를 크게 내지 않는다. 첫 마음은 이렇듯 조심스럽고 여유롭다. 첫 마음과 끝 마음이 다른 것은 바람 때문이다. 바람에 치이고 사람에 치이고 욕심에 치이고….

"여러분, 곧이어 치어 방류 행사를 준비했습니다. 한 바가지씩 들고 가서 치어들을 바다로 보내주세요"

확성기에서 나오는 뜻밖의 소리다. 해를 보지 못한 새해맞이에 미련을 버리지 못한 사람들의 발걸음이 무겁다. 긴

줄에 끼어 나도 한 바가지의 치어를 받아들었다. 벌써 배가 뒤집힌 채 죽은 치어가 보인다. 양식장의 온도에 길들여진 치어들이 변화된 환경에 기가 죽었다. 바가지에 든 치어를 조심스럽게 바닷물에 갖다 대는데 아무도 옴짝달싹 하지 않는다. 그 중 용감한 녀석이 새로 만난 물에 호기심을 느끼며 흘러갔다가 금세 돌아온다. 새파랗게 질린 치어들의 몸짓이 얼음처럼 굳어버렸다. 하지만 어쩌랴. 돌아온다고 될 일이 아닌 것을. 모진 마음으로 치어들을 물속으로 밀어 넣었다. 눈 깜짝할 사이 치어들은 돌틈 사이로 흩어진다.

이제 그들은 바다로 떠밀려 보내졌다. 망망대해라는 말은 이럴 때 쓰는 말이겠구나 싶다. 어찌 이 바다를 견디어 낼까. 생각하면 아득하고 아득하다. 하지만 생명 있는 것들은 스스로 살고자 하는 의지가 있다고 하지 않는가. 무조건 살아내야 하는 의무가 그들에게 주어졌다. 거친 물살과 포식자들의 공격에도 무조건, 무조건 살아남아야 한다. 생명이 있는 한 존재 그 자체와 주어진 환경과의 싸움은 필연적이다. 질척질척, 진눈깨비가 바다 한가운데로 부서지기 시작한다.

탈대로 다 타시오

합체된 사랑의 온도가 이토록 강렬하다니, 입술을 약체처럼 오므리고, 야무지게 옷깃을 여미며 발걸음을 뗀다. 은밀한 사랑을 저 혼자 간직한 사람처럼 반 템포 빨라진 심장의 박동소리 크게 들린다. 나도 이제 타오를 때가 되었나보다.

마지막 종착역에서는 누구도 고향을 묻지 않는다. 걸어온 삶의 이력이 어떠했든 이제 더 갈 수 있는, 갸고 싶은 길도 없는 사람들이 모닥불 앞에 모여 섰다. 다들 어디서 왔는지 어깨 위의 눈발들을 털어내며 모닥불 앞에 모여든 이들의 눈빛에서 고향사람을 만난 것 같은 반가움을 느낀다. 태생이 제주땅이거나 바다 건너이거나 중요하지 않다. 이름을 모르고 고향을 모르는 이들이 지금, 이곳에 함께 모였다.

"타닥타닥타닥", 헐벗은 영혼들이 서로 어깨를 걸고 타오르고 있다. 갈참나무이거나 소나무이거나 한때는 어디에서건 귀하게 불리었을 나무들이다. 그들은 주어진 이름을 갖고 1년이건, 20년이건 살아올 만큼 살아왔다. 햇살의 따스함도, 바람의 호통도, 눈바람의 매정함도…. 그래서 사는 게 치욕이라 했던가. 어느 날 가슴을 헤집고 들어오는 칼날을 그만 허락하는 일도 그리 어려운 일은 아니었다. 사랑이 영원할 것 같지만 세상에 영원한 것은 없다.

처음이 어려웠다. 낯선 이들의 물기 배인 몸은 서로를 밀어내기 일쑤이다. 애써 인공의 바람을 불어넣어야만 서로는 타오를 수 있다. 바람의 원조를 받아야만 살아나는 것은 생명 있는 것의 타고난 의존성이 아닐까. 그런 점에서 바람은 생의 역동성을 부여하는 최고의 에너지원이기도 하다. 바람이 없으면 씨앗은 썩고 말테니까.

처음 얼마간은 제 몸에서 나는 연기에 제가 숨이 막힐 지경이다. 덥석 받아 안은 현실에 고통스런 눈물을 보이지만 이내 현실은 뼈 속으로 파고든다. 이제 더는 되돌릴 수 없다. 마지막 남은 물기를 다 짜내어 소멸의 길로 들어서야 한다. 그리고나서야 '숯'이라는 이름 하나 갖게되는 것이다. 숯, 나무의 심장을 다 태워버린 사랑의 결정체이다. 제 육체의 물과 진을 다 빼버린 솔직담백함만 지니고 있는 이름이다. 가볍지만 강하다. 숯으로 재탄생한 그들에게 주어진 것은 다시 어딘가에서 활활 타오르는 일이다.

빛이 되라는 거다. 물기 서린 가슴을 넘나들며 상처를 소독해야 하는 것이다. 따뜻한 가슴 하나 얻지 못해 떠도는 영혼이 있다면 그에게 화롯불이 돼주어야 한다. 시리고 아픈 영혼의 친구, 그가 바로 숯이다.

"타닥타닥, 빼어엉!" 불길이 바람을 만나 막혔던 잿구멍을 뚫어준다. 쉼 없는 열정에 구멍을 내는 일은 필연이다. 오래 가야하는 길이기에 가끔은 이렇듯 가슴의 바람을 빼며 들뜬 자신을 다스려야 한다. "토닥토닥토닥", 달콤한 눈발이 그들의 몸 위로 쏟아지며 가볍게 다독거린다. 그들의 몸이 한껏 달아오르고 있다. 이제 한 몸이 되기 시작한 사랑, 얼마간은 활활 타오를 것이다.

모닥불의 전방을 벗어나니 바람이 제법 쌀쌀하다. 볼에 두 손을 갖다 대니 찌릿찌릿, 호주머니에 움켜쥐었던 모닥불의 온기가 순식간에 발끝까지 전도된다. 합체된 사랑의 온도가 이토록 강렬하다니, 입술을 얍체처럼 오므리고, 야무지게 옷깃을 여미며 발걸음을 뗀다. 은밀한 사랑을 저 혼자 간직한 사람처럼 반 템포 빨라진 심장의 박동소리 크게 들린다. 나도 이제 타오를 때가 되었나보다.

길 위의 단상

노란우산에 노란장화, 새로 산 노란장화에 마냥 신이 났다. 노란우산, 분홍우산, 초록우산 줄지어 나타는 우산들의 행진, 우산들이 핑그르르 돌 때마다 아이들의 웃음소리가 빗방울처럼 빠르게 굴러간다.

언어와 현실이 일치되는 경험은 짜릿함과 당황스러움을 동반한다. '한치 앞도 내다 볼 수 없다'는 말, 안개에 싸인 오일륙 도로를 주행하면서 실감한다. 앞차의 뒷꽁무니만 의존하면서 가는 길은 위태위태하다. 자꾸만 기억을 더듬으며 이곳이 어디쯤인지, 그 길이 어떤 모양새였는지를 가늠하게 된다. 현재에 자신이 없을 때는 과거에 의존하게 되는 것이다.

안개 속 장거리 주행은 시종일관 나를 시험하게 한다. 윈도우 브러쉬는 쉴 새 없이 제 몸을 흔들어대며 빗방울을 쓸어보지만 빗방울의 속도도 만만치 않다. 씩씩거리는 모습이 안쓰러워 잠시 쉬어 갈까 생각하다가도 어디쯤 쉬어야하는지를 판단하는 일이 더 어렵다. 기계의 휴식보다도 내 몸의 안전이 우선이기에 나는 지극히 인간적이기를 포기하지 않는다. 길이 이렇게 좁았던가?

하도 긴장했던 탓인지 목덜미가 뻐근해오기 시작한다. 사시처럼 눈을 양 갈래로 흩어졌다 모았다를 반복하다 보니 눈이 벌써부터 충혈되기 시작한다. '감' 하나로 이 길을 가기엔 내 직관의 영험성을 믿지 못하기에 부산스럽더라도 윈도우 브러쉬와 비상등에 의존할 수밖에 없다. 뒤에서는 아까부터 계속 라이트의 상, 하향을 반복하며 길을 비켜달라고 난리다. 택시 운전자임이 틀림없다. 터널 속 어둠과도 같은 안개 주행에 저런 용기백배가 어디서 나올까. 시도 때도 없이 구부러진 고갯길을 눈 감고도 갈 수 있는 직관, 그것은 그가 걸어온 역사를 말해주는 것이기도 하다.

쉬지 않고 눌러대는 클랙션 소리에 오기가 발동한다. 이

제껏 비켜주었는데 언제까지란 말인가. 어느 누구도 나의 안전을 책임져 줄 수 없다면 제 페이스를 잃지 말아야 한다. 누가 뭐라든 내가 책임질 수 있는 속도가 있는 법, 나를 밀치고 가고 싶다면 그것은 내가 양보할 게 아니라 저 자의 몫이다. 그렇게 마음먹고 나니 조금 여유가 생긴다. 오디오에 꽂혀 있던 CD를 검지로 쑤욱 밀어 넣는다. 윈도우 브러쉬에 걸린 빗방울들이 쇼팽의 곡보다 먼저 흘러내린다.

누군가 받쳐 든 우산 위로 굵은 빗방울이 리듬을 타고 흘러내리다 나뭇잎 위로 "또륵"하고 떨어진다. 찰박찰박 노란 장화가 멀리서 걸어온다. 그 장화의 주인공은 예닐곱 살의 어린아이다. 노란우산에 노란장화, 새로 산 노란장화에 마냥 신이 났다. 노란우산, 분홍우산, 초록우산 줄지어 나타는 우산들의 행진, 우산들이 핑그르르 돌 때마다 아이들의 웃음소리가 빗방울처럼 빠르게 굴러간다. 노란웃음, 파란웃음, 초록웃음이 동그랗게 말리면서 다시 연못 속으로 "또르르 또옥!" 순간, 자동차 바퀴에 쇳소리로 부서지는 파도 소리, 웅덩이의 물이 앞 유리창에 철썩 부딪쳐 흩어진다. 무지막지한 속도가 그들을 밀치고 도망간다.

“삐리리리리…”, 요상한 경적 소리에 움찔 놀라 가속 페달을 누르다 얼른 뗀다. 계기판 바늘이 쑤욱 올라가다 급하게 내려온다. 42km, 이만하면 안전속도다. 나에겐 안전속도지만 저들에겐 아마 속 터지는 속도일 것이다. “삐리리리리…”, 또다시 비켜달라는 신호다. 오른쪽 깜빡이를 켜고서 옆으로 비키며 속도를 줄인다. 일단 양보다. 양보 뒤에 흘러나오는 저주의 소리, 흥, 가다가 바퀴나 빠져버려라.

고드름에 관한 명상

오래 참아온 슬픔이 체념에 이르러 찰나의 간격으로 뚝뚝 떨어지는가 싶더니 어느새 방울방울 주체할 수 없는 슬픔이 제 등을 타고 들러붙는 형국이다.

온밤 내 눈물 콧물 핑핑 풀어대며 울다 웃다, 지리한 넋두리가 그 한계선을 긋지 못한 채 아침을 맞고 말았다. 주저리주저리 늘어놓다가 말의 꼬리가 잘린 것도 있고, 이제 막 꺼내다 정지 상태로 굳어버린 채 잇몸만 간지럽히고 있는 녀석도 있다. 이제 햇살 한 줌 뿌리고 나면 허공 속으로 흩어져버릴 사설들, 오랫동안 묵혀온 시름들이 간밤의 바람을 만나 실컷 쏟아놓고 나니 여한은 없을 터이다. 줄줄이 시름을 털어놓고도 아무 일도 없었던 것처럼 투명해질 수 있는 저 순수, 햇살과 바람의 조화로만 이해하기엔 논리 밖의 진실이 애잔하고 가상하다.

고드름, 대한 지나 입춘으로 가는 절기의 어수선한 지점에서 바람은 하고픈 말은 하고 싶다며 간밤의 저 비수와 같은 투명한 물음들을 내게 던져두고 간 것일까. 얼음 막대 사탕인 듯도 하고, 회초리인 듯도 하고 비수인 듯도 하고….

뚝 하니 멎은 그들의 시간이 뚜렷한 실체로 남아 이렇듯 보는 이를 긴장시킨다. 오래 묵혀 온 시간들의 슬픔이 응어리 진 채 나를 겨냥하고 있는 듯하다. 속내를 다 드러내면서도 당당할 수 있는 저 투명의 실체 혹은 자기기만!

실체는 시간을 함축한다. 한 방울의 물이 되기까지 바람은 허공을 맴돌며 오랜 방황의 시간을 보냈으리라. 꽃과 나무와 들과 산과 바다와 구름에도 앉아보지만 어느 한 곳 마음 둘 곳이 없었으리라. 늘 빗겨가기만 하는 사랑이 못견디는 날엔 가르랑가르랑 가래 끓는 소리가 난다. 그러다 홀로된 시간 속에서는 멍하니 좀처럼 말이 없다.

상처가 깊으면 실어증이 오래 가는 것일까. 혹독한 시간이 지나고 침묵이 화석화될 즈음 동굴 속에서 청명한 물방울 소리 들린다. 허공에 뿌리 내린 시간이 물방울이 되어 '뚝'하고 떨어질 쯤 뒤이어 다른 물방울들이 달라붙는다. 오래 참아온 슬픔이 체념에 이르러 찰나의 간격으로 뚝뚝 떨어지는가 싶더니 어느새 방울방울 주체할 수 없는 슬픔이 제 등을 타고 들러붙는 형국이다.

바람은 밤새 처마 밑을 맴돌며 떨어지는 물방울에 호통을 치기도 하고 훈수를 두기도 하였을 것이다. 울고 웃으며 시간 가는 줄 모르게 눈물 콧물 다 짜내던 영혼들이 하늘에 이르지 못하고 저들끼리 한 몸이 된 채 응고되고 말았다.

넋두리도 시간이 길어지면 그 힘을 잃는다. 감정에 감정을 실으면 진실도 왜곡될 수밖에 없는 법, 진실의 투명함을 유지할 수 있는 한계선은 침묵을 지키는 수밖에 없다. 간밤의 성토가 설령 제 고통을 충분히 위로받지 못했다 하더라도 이쯤에서 그만 두자. 다하지 못하고 끊긴 말이 있거나 이제 막 시작하려던 사연이 있다 하더라도 시간의 마법을 믿기로 하자.

선택의 여지가 없다. 아무 일도 없던 것처럼 아침 햇살의 다독거림에 못이기는 척 스르르 몸을 맡기는 거다. 원래의 제 모습으로 돌아가 겨우내 땅 속에 얼어붙은 생명의 가슴으로 스며드는 것이다. 못이기는 척 스르르 녹아내리는 것이 최선임을 인정하는 것은 때로 비수처럼 아리다.

손빨래의 노래

솔기 사이, 가랑이 사이 혹시나 있을 뗏자국 하나, 머리칼 하나도 용납치 않으리라는 비장함이 극에 달할 쯤, 골반 뼈에서부터 팔까지 팽팽하던 힘이 고무줄 끊어지듯 스르르 풀린다. 이만하면 됐다.

온종일 '헛소리나 하며 다녔구나'며 허탈할 기분이 들 때 손빨래는 침묵의 한 방편이다. 한시도 쉬지 않고 제 몸을 혹사하는 것도 다 사는 것이라며 자위하던 모든 것이 '다 저 좋아서 하는 짓이지'라는 결론으로 매듭지어질 때 그 허탈감은 이루 말할 수 없이 참담하다. 아무것도 하지 않고, 아무 생각도 하지 않고 이대로 잠들어버렸으면…. 그러다 잠결인 듯 꿈결인 듯 "비비착, 비비착" 하는 소리가 아득히 들려오고, 나는 갖은 옷가지를 꺼내어 손빨래에 돌입한다. 손놀림을 하며 육체에 박혀 있던 묵은 생각들을 다 털어내면 잃어버린 감각을 되찾을 수 있을까 하는 생각에서이다.

안방에서, 거실에서, 세면장에서, 빨랫감들을 주워다 대야에 쏟아놓는다. 엄두가 나지 않을 정도로 모아진 빨래들을 흰 것은 흰 것들로, 검은 것은 검은 것대로 분류를 한다. 검은 것들은 통째로 세탁기 속으로 들여놓고, 흰 것들만 대야에 남겨놓으니 이제 제대로 빨래가 하고 싶어진다. 선반 위에서 빨래판과 방망이도 꺼낸다. 빨래판 위에 양말부터 올려놓고 가지런히 편 다음 비누칠을 한다. 그리고선 사정없이 비벼대는 것이다. '손에 물 안 묻히고 사는 인생이 어디 있어. 다 그렇게 사는 거지. 너는 뭐가 그리 잘나서 그만한 것도 못견뎌서 난리야. 니가 양말 신세 돼 봤어? 발꼬락 냄새 하루종일 맡아봤냐고?' 비비착비비착, 중얼중얼중얼.

행주까지 손빨래를 다 하고 일어서니 정수리에서 허리까지 찌리릿 전류가 흐른다. 무릎에서 '똘각', 스위치 끄는 소리가 들린다. 손빨래 한 것들은 다시 분류해서 대야 세 개에 갈라놓고 세제를 풀어넣는다. 긴 나무주걱으로 휘휘 저어 가스불을 켠다. 커피물을 앉히고, 식탁 의자에 앉는다. '책 읽는 여자'가 나를 보며 알쏭달쏭한 미소를 짓는다. '이제 속 시원하냐?' 묻는 것 같기도 하고, '답답할 땐 책을 읽어 봐'라고 가르치는 것 같기도 하다. 정신이 복잡할 땐 몸을 움직여야 한다고? 흥!'하고 되쏘아준다. 커피맛이 달짝지근하다.

삶은 대야 밑바닥에서 조글조글 잦아드는 물소리를 들으니 마음이 편안해진다. 저 안에서 잦아들고 있는 것들은 무엇일까. 오래 묵혀두었던 시간의 떼들이 풀어헤쳐지면서 섬유 속에 응축되었던 것들이 스멀스멀 피어오르기 시작한다. 나무주걱으로 다시 한 번 저어주고 나서 불을 줄인다. '책 읽는 여자'가 또 말을 건넨다. '자유는 네 마음에 있어.', '또 헛소리! 흥'. 뽀글뽀글, 여기저기서 빨래 끓는 소리가 다시 올라온다. 이 솥 저 솥 시간차를 두고 가스불을 올리고 내리고 손을 바쁘게 움직인다.

5분 간격으로 시간차를 두고 솥을 내리고 다시 손빨래를 시작한다. 비비고 펴고, 비비고, 접고, 뒤집고, 펴고, 비비고…. 힘을 다해 비벼대는 손놀림과 그 손놀림에 제 몸이 이리저리 접히면서도 시원스레 내지르지 못하고 끙끙대는 신음소리, 그러다가 착착 볼기짝을 두드려 맞고 얼얼해지는 흰 양말과 속옷들. 그들이 비로소 자유를 찾는 순간은 큰 대야의 물 속으로 던져지고 나서다. 손목의 무리가 간 듯 '삐그덕' 하는 느낌이 있어 잠시 쉬었다가 다시 활활 헹굼질을 한다. 솔기 사이, 가랑이 사이 혹시나 있을 뗏자국 하나, 머리칼 하나도 용납치 않으리라는 비장함이 극에 달할 쯤, 골반 뼈에서부터 팔까지 팽팽하던 힘이 고무줄 끊어지듯 스르르 풀린다. 이만하면 됐다. 물기를 빼는 건 세탁기에게 맡기고, 다시 '책 읽는 여자' 앞에 앉는다. '책을 읽는 것도 빨래하는 거와 똑같아.' 나는 아무 대꾸도 하지 않은 채 세탁기에서 빨래들을 꺼내고 옥상으로 향한다.

질서의 이중주

바람까마귀떼에게 질서는 하나의 위장이며 상징이다. 바다에서는 물때를, 지상에서는 바람의 때를 기다리고 있는 것이다. 그들은 하늘과 땅, 바다를 수없이 오가며 생존을 위해 필사적으로 날기를 거부하지 않으면서도 절대로 대오를 흐트러뜨리지 않는다. 그들의 일사분란함에는 어느 한 곳에 적을 두진 않지만 그렇다고 무책임하게 흩어지지 않는 경계의 미학이 숨어 있다.

고래리를 지나 대천동으로 가는 길목에 삼나무 숲을 마주하고 잠시 차를 세웠다. 빽빽하게 심어놓은 삼나무 숲은 핏기 없이 키만 멀쭉하게 자란 십대 소년들 같다. 삼나무들의 나뭇가지 위를 올려다보니 현기증이 인다. 번영로는 만년 공사중, 삼나무의 야윈 허리가 다 드러나고 하늘로 뻗은 나뭇가지에는 꽃가루인지 매연인지 분간하기 어려운 허연 비듬들이 수북이 쌓였다. 동·남으로 접근하는 도로인지라

쉴 새 없이 지나는 매연 세례를 받으면서 나무들의 호흡기는 이상증세를 보이고 있을 터이다.

삼나무는 본질적으로 제 곁에 다른 수종을 두지 못하는 걸로 알고 있다. 무리를 지어 서식하고 있는 모양새가 미적 가치는 고사하고 인공의 질서가 갖는 고루함을 드러내고 있다. 인간에 의해 강제 이식된 이 삼나무 숲은 제 생명력을 제대로 발휘하지 못하고 저들끼리 생명을 갉아먹고 있는지도 모른다. 서로 거리를 두고 바람과 햇살이 드나드는 공간을 확보해야 하는데, 빽빽이 들어찬 모습이 숨막힐 지경이다. 작은 공간의 투자로 최대의 효용을 얻고자 하는 인간의 욕심이 한 생명이 발휘할 수 있는 에너지양을 극소화시키고 있는 건 아닌지 사뭇 걱정스럽다.

삼나무숲을 마주하고 건너편 전봇대 위로 바람까마귀 떼들이 음표처럼 앉아 서로의 음을 조율하고 있다. 연신 눌러대는 카메라의 셔터 소리에 놀라서인지 바람까마귀 무리가 사방으로 흩어지더니 어느새 대오를 정비하고 아무 일도 없는 것처럼 제자리로 돌아와 앉았다. 제때 자리를 차지하지 못한 녀석은 몇 번을 돌고 돌아 겨우 자리를 하나 얻어 비집고 들어와 앉는다.

저들에게도 내면화된 질서의식이 있나보다. 아마 그들은 이 계절을 나기 위해 그 주변에 있는 망초, 갈퀴덩굴, 질경이, 광대나물, 별꽃, 쑥 등 초본류의 새싹들과 뿌리, 유충의 진원지에 대한 탐색이 이미 끝났을 것이다. 어쩌면 삼나무

숲에 서식하는 초본류와 벌레들은 꼼짝없이 그들의 몫인지도 모르겠다. 하지만 철따라 끊임없이 변화, 생성되는 그들의 생명을 보면 인간에 의한 파멸이 아닌 이상 자연의 질서가 무너질 리는 만무하다.

바람까마귀떼에게 질서는 하나의 위장이며 상징이다. 바다에서는 물때를, 지상에서는 바람의 때를 기다리고 있는 것이다. 그들은 하늘과 땅, 바다를 수없이 오가며 생존을 위해 필사적으로 날기를 거부하지 않으면서도 절대로 대오를 흐트러뜨리지 않는다. 그들의 일사분란함에는 어느 한 곳에 적을 두진 않지만 그렇다고 무책임하게 흩어지지 않는 경계의 미학이 숨어 있다.

새들에게는 이성보다 더 강한 초감각이 자유와 복종을 자유자재로 부릴 줄 안다. 멀리서 불어오는 바람의 기호를 촉각적으로 읽어낼 수 있다는 건 새가 가진 최고의 능력이 아닐까. 사람만이 눈 앞에 갖다 보여줘야 한다. 그것도 알아들을 수 있도록 잘 설명해줘야만 겨우 고개를 끄덕일까 말까 하니 인간의 이성이 과연 믿을만한가?

까치집에 머문 상념

어머니는 새였다가 어느새 나무를 닮았다. 어머니는 나무다. 정수리 끝에 새끼를 위한 둥지 하나 키우고 있는…. 제 육신은 헐거운 채, 손 벌린 가지가지마다 선지피 같은 꽃망울 힘 있게 밀어내고 있는 겨울나무다.

비 맞은 오동나무의 안색이 거뭇거뭇, 수심이 깊다. 야자수 잎사귀가 오동나무의 몸을 감싸고 있으나 흉가에 걸쳐진 누더기인 듯 거추장스럽다. 앞에서 볼 땐 풍성하게 보이던 오동나무의 자태가 뒤로 보니 등짝이 허전하다. 멀리서 보면 미끈한 것 같은 나무의 엉치도 가까이서 보면 움푹움푹 썩어가고, 정강이뼈 사이엔 이끼들이 살림을 차려놓고 있다.

어느 해 거센 바람 한 번 휩쓸고 지나갔는지 부러진 채 대를 잇지 못하는 굵은 가지가 두엇 보이고, 부러진 가지 새로 해를 걸러 잔가지 하나 겨우 뻗기 시작한 녀석도 있다. 바람이래야 늘 부딪치는 현실이지만 밑둥치를 흔들어놓는 바람만은 아니었으면….

잘려진 가지 위로 잔가지들이 무성하다. 실핏줄로 보이는 잔가지들은 내 손금같이 어지럽다. 이 바람을 잘 보내고 나면 아무 일도 없었던 것처럼 예쁜 꽃을 피워낼 수 있을까? 이번이 마지막인 듯 혼신의 기를 모아 싹을 밀어낼 준비를 하고 있는 나뭇가지의 결을 읽노라니, 기둥 하나 잃고 늙어서도 짐을 지게 된 노모의 얼굴이 겹친다. 누가 나무를 아름답다 했던가.

하늘 가까이, 나무의 잔가지 틈새로 가등기 집 한 채 들어섰다. 멀리서 보는 까치집은 한동리 큰 이모집처럼 반갑다. 변한 것 없이 늘 그 자리에 있음이 반가우면서도 한편 쓰리다. 사람 떠난 큰 이모 집은 오래 혼자 저렇게 오도카니 서 있었다. 저 집에는 누가 살고 있을까? 정말 까치가 살긴 하나? 집만 지어놓고 지금은 폐가로 남은 건 아닐는지.

멀리서만 보는 풍경만으로는 관계가 이루어지지 않는다. 가까이서 눈빛을 바라보고, 살갗을 부딪히고, 내면을 바라볼 수 있을 때 관계는 비로소 맺어지는 것이다. 최고의 배속으로 줌을 끌어당겨 까치집을 들여다본다. 실오라기 같은 덩굴들과 잔가지들을 주어다 씨실날실 엮어 또 하나의 우주를 만들었다. 석 달 열흘, 아니 일 년 삼백육십오일… . 한올 한올 제 영혼을 뽑아 집 한 채 겨우 얻어낸 어미 새의 갈라진 부리를 생각한다. 아니, 지상에 제 명의의 집 한 채 없으면서 영혼의 태반에 탯줄 끊지 못한 새끼를 키우고 있는 내 어머니를 생각한다. 어머니의 머릿속은 날마다 까치집을 짓고 있을 것이다. 불러도 오지 않을 새끼를 위해 한올 한올 당신의 뼈로 실을 뽑으며….

어머니는 새였다가 어느새 나무를 닮았다. 어머니는 나무다. 정수리 끝에 새끼를 위한 둥지 하나 키우고 있는…. 제 육신은 헐거운 채, 손 벌린 가지가지마다 선지피 같은 꽃망울 힘 있게 밀어내고 있는 겨울나무다.

저 너머를 꿈꾸며

파도는 사람을 다스릴 줄 아는 것이 분명하다. 시시각각 달라지는 파도의 말은 내 마음의 뼈까지 꿰뚫고 있다. 바다에 오면 나는 자꾸 초라해져 돌아간다.

"가다보면 어느새 그 바닷가, 바닷가", 아침부터 흥얼거리는 노래다. 정말 가다보니 어느새 이 바다에 와 있다. 무잎처럼 시퍼런 바다 빛이 칼칼하니 시원하다.

섬 안의 섬, 그 섬의 작은 원담, 그 원담 속 작은 웅덩이, 그 웅덩이 속 돌담. 돌담 '트멍' 사이를 기어 다니다 파도가 밀려갈 즈음이면 비로소 제 모습을 반짝 드러내는 집게 한 마리. 집게는 소라껍질이나 조개껍질 등을 엎고 다니는 '일

쭈시'이다. 문득 그게 나일지도 모른다는 생각이 드는 날엔 저절로 바다를 찾게 된다. 바위에다 제 발톱을 갈며 날기를 준비하고 있는 괭이 갈매기처럼 바위에다 아무 글이나 새기고 싶어진다. 원담 안의 파도는 쉴새없이 담 밖으로 떠밀렸다가 담 안으로 떠밀려 들어온다.

바다를 건너는 일이 이토록 힘든 노릇일까. 새 한 마리, 아까부터 몇 번의 날갯짓을 시도하다가도 자꾸만 되돌아오고 되돌아오고를 반복하고 있다. 연신 먼 바다에 눈길을 주는 모습이 외로움인 듯, 두려움인 듯 아니면… 흠모의 눈빛인지도. 아니 어쩌면 지금 저 새는 자신의 내면과 수없이 싸우고 있는지도 모른다. 마치 조나단이라도 되는 것처럼, '날기 위해서 태어난 것일까, 먹기 위해서 태어난 것일까'를 고민하고 있을지도.

나의 하루는 무수한 욕망의 저울질 속에 갈팡질팡하고 있다. 글을 쓰려니 밥이 안 되겠고, 밥을 벌려니 글이 안 되겠고. 글이 밥이 될 수 있으면 좋으련만…. 그래서 소월은 "임도 없고 집도 없고 가야 할 길도 없다"고 했던가. 도대체 나는 어디로 가고 싶은 것일까. 무엇을 원하고 있는 것일까.

임일까, 집일까, 밥일까, 글일까…그 너머일까.

바다가 고요한 날은 수평선이 선명해진다. 수평선은 내게 지금 내가 발 딛고 있는 선을 무너뜨리라고 말한다. 현재에 머문 자기로부터 이탈한 세계, 그 너머를 향하는 데는 두려움이 뒤따른다. 자기 안의 도취로부터 벗어나면 나는 아무것도 아닌 것이 되기 때문이다. 지금 갖고 있는 것, 지금 알고 있는 것, 지금 누리고 있는 것을 버린다는 것이 그리 쉬운 일인가. 안락이 주는 평온감과 모험이 주는 불안감 사이 무수히 많은 방황, 그 방황은 자아에 이미 중독성이 내면화되고 말았다는 증거일 것이다. 안락의 중독으로부터 벗어나기 시작하면 금세 금단현상이 나타나리라는 건 예측가능한 현실이다.

며칠 요동을 치던 파도가 오늘은 가슴께로 와서 조금만 더 힘을 내라고 다독거리기로 마음먹은 모양이다. 하루는 호통이었다가, 하루는 고분고분 일러주다가, 어느 날은 슬쩍 왔다 슬쩍 밀려나간다. 때와 상황에 집중하는 것이 쉬운 일은 아닌데 파도는 제 할일을 놓지 않는다. 파도는 사람을 다스릴 줄 아는 것이 분명하다. 시시각각 달라지는 파도의 말은 내 마음의 뼈까지 꿰뚫고 있다. 바다에 오면 나는 자꾸 초라해져 돌아간다.

원담을 한 번 둘러보자고 일어서는 순간, 새와 나 사이 깊은 교감의 진동이 일어났는지 "휘익"하고 새의 날갯짓 소리가 힘차게 들린다. 기氣의 중심이 이동하고 있다. 기의 존재에 대해 수없이 반복돼오던 믿음과 의심의 교차, 저울의 중심이 믿음 쪽으로 이동하는 순간이다. 새의 날갯짓은 인간의 직립 운운하는 것을 한순간에 입 다물게 한다.

목 놓아 울거든

살면서 생각지도 않은 선물 받을 때가 제일 좋다. "선생님 저 글씨 깨거시 썼죠?"라며 히히 웃던 지훈이가 "저 요리사 자격증 땄어요."라고 보내온 문자 선물. '그래. 그만하면 됐다'라고 덩달아 여한없는 마음이 된 적 있다. 오늘이 딱 그런 날, 넋두리도 이만하면 됐다!

고내리 다락빌레 해안 절벽에 연일 파도가 엎치락뒤치락한다. 너럭바위 가까이 다가가서 한참동안 파도치는 모습을 바라본다. 검은바위가 쉴새없이 거품을 뒤집어쓰고 있다고 생각하니 수술 자국에 소금을 끼얹는듯 하다. 파도치는 모습을 보며 괜스레 마음이 동한 적은 많지만 앉은 자리에서 뭇매를 맞는 바위에 대해서는 반동현상이 일어났다. 그래서 소리 죽여 우는 아이가 그렇게 속상하고 미웠을까. "울 때는 크게 울어. 속 시원하게 크게 울어야지." 우는 아이에게 나는 이렇게 소리쳐 꾸중을 했다. 울 때는 크게 울라고. 다 알아듣도록 더 크게!

너럭바위, 그 태초의 기억을 떠올리기란 어려운 일이다. 거대한 용암덩어리로 흐르다 흘러 이곳에 뚝 갈라진 채로 한 자리 지킨 지 꽤 오랜 세월이리라. 한때는 한 몸이었던 적도 있지만 어떤 연유에서든 가슴에 틈이 생겨 그 새로 파도가 쉼없이 넘나들고 있다. 파도는 끊임없이 무슨 말을 해댄다. 어떤 날은 발꿈치에 와 까르르까르르 간지럼을 태우다 도망가고. 어떤 날은 벌컥벌컥 화를 못 참고 아픈 말만 쏟아놓고 쌩하니 가버리고, 어떤 날은 제 분에 못 이겨 게거품을 물기도 했으니….

아프로디테의 태곳적 울음이 저랬을까. 크로노스가 아버지의 생식기를 잘라 바다에 던진 데서 생겨난 하얀 거품으로부터 태어난 것이 아프로디테(aphros,거품)라고 한다. 아무리 하늘이라 할지라도 범접해서는 안 되는 존재의 급소가 있을 텐데 그 뿌리를 잘라 바다에 버렸으니 그 아니 원한을 품을 수 있겠는가.

내 존재가 뿌리째 뽑히는 것 같은 불안을 느낄 때 나도 저처럼 미쳐 밤새도록 소리치고 싶다. 단, 저 바위처럼 무조건 나의 울음을 받아줄 이가 있을 때만 가능한 일이다. 울음이 제 소리를 내지 못하는 데는 이유가 있다. 우는 아이를 아무도 안아주지 않았기 때문이다. 거세당한 울음소리를 되찾는 것은 생의 중요한 과제다. 제 강도와 제 소리를 갖지 못한 울음은 억압된 감정의 공격을 동반하기 때문이다. 그것이 울음이 아니라 웃음이어도 그렇다. 더도 아니 덜도 아닌 딱 그만한 강도를 지닌 음색과 딱 그만한 의미를 담고 있는 울음과 웃음을 지닐 수 있을 때가 건강한 상태다. 비약과 억압, 과장은 다름 아닌 아프다는 증거이다.

파도는 파도대로, 바위는 바위대로 바다라는 거대한 우주 속에서 제 할 말을 가슴에 담고 산다. 성질 급한 파도는 시도 때도 없이 제 말을 하는 바람에 그 속 알아주는 이 많다가도 해도해도 심하다며 무시당하기도 한다. 너른 품으로 앉아 있는 바위야말로 참 속이 좋다 싶다가도 켜켜이 쌓인 아픔이 언젠가 터질 것이지 싶다. 그래서 가끔은 "나도 아파. 나도 아프단 말이야."라고 말할 수 있으면 좋으련만….

한 번은 바위였다가, 한 번은 파도였다가, 마음은 바람을 타고 한참이나 술렁이다 일어선다. 이쪽저쪽에 붙어 이러저러한 마음 보시하는 척 하다 생각지도 않게 '딱 그만한 울음과 웃음'이라는 귀한 언어를 얻고 간다. 바위 틈에 기생해 사는 보말의 운집 같은 선물이다. 살면서 생각지도 않은 선물 받을 때가 제일 좋다. "선생님 저 글씨 깨거시 썼죠?"라며 히히 웃던 지훈이가 "저 요리사 자격증 땄어요."라고 보내온 문자 선물. '그래. 그만하면 됐다'라고 덩달아 여한없는 마음이 된 적 있다. 오늘이 딱 그런 날, 넋두리도 이만하면 됐다!

꽃잎의 유언

멀리서 파도가 들썩거리면 억새는 머리를 더욱 흔들며 수선화의 잎 가까이에서 피리소리를 내며 운다. 내줄 것 다 내준 이가 부르는 노래에서는 심장을 갈아 켜는 현의 소리가 난다.

자존심이란 이런 것인가. 내 목이 날아간다 해도 나의 향기 잃지 않는 것. 알에서 막 깨어난 아프락사스의 화신같은 수선화가 동복리 해안가에 피어, 지나가는 이의 눈길을 붙잡는다. 잊을만하면 떠올려지는 친구의 얼굴처럼 긴 목의 뽀얀 피부, 야무지게 오므린 입술이 보통 재간은 아니다. 아무리 바빠도 제 철에 핀 꽃들에 한 번씩 인사는 건네고 가야지. 수선화는 3월이 막바지인데 지금 못 보면 영영 못볼지도 모른다. 아뿔싸! 간당간당, 수선화의 목이 까딱하다간 뚝 부러질 형세다.

조심스럽게 부러진 목을 일으켜 세우며 가까이 얼굴을 대는 순간, 크읏, 싱그럽고 알싸한 향기가 금세 폐 속을 뚫으며 흩어진다. 나르키소스가 이 향기에 취해 우물가로 빠지고 말았다는 것이 실감난다. 남들 다 자는 계절에 홀로 피어서 남의 몫까지 온몸으로 끌어올렸으니 그 향이 오죽할까. 그런데 이제 죽음이라니….

죽음의 한계선을 스스로 정할 수 있는 거라면 풍파를 스스로 선택할 생명이 어디 있을까. 수평선을 타고 넘나드는 파도의 움직임처럼 바람을 타고 흐르는 꽃씨의 유영도 그 어떤 목적을 갖고 지금 이곳에 뿌리를 내리지는 않았을 것이다. 그 어느 누구도 제 운명이 흐르고 머무는 것을 재단할 수는 없는 일, 또한 모든 운명이 바람에만 내맡겨진 것도 아닐 터이다. 어떤 것은 갈매기의 깃털에 매달려 대서양을 횡단했고, 어떤 것은 소의 대장에 들어 앉아 화물선을 탔고, 어떤 것은 누군가의 신발 바닥 틈새에 끼인 채 섬을 밟았을 것이다. 수선화와 같은 알뿌리 식물은 어쩌면 가난한 영혼들이 사랑의 증표처럼 가슴에 품고 저 바다를 건넜을지도 모를 일이다. 저 마다의 사연을 안고 흐르고 흘러 이곳에 와 터를 잡은 것이니 그 원천과 역사를 따지는 게 무슨 의미가 있겠는가. '지금 여기에 존재함'만이 의미 있을 뿐이다.

바람이 드세기로 유명한 동부해안도로. 제주 해안을 두르고 있는 300리 해안 가운데 가장 바람이 센 곳이다. 개항기에 이양선의 출몰이 잦았던 온평리, 하도, 종달리, 행원, 동복리에 이르는 해안에는 환해장성의 옛터가 부분적으로 남아 있어 저항의 기류를 상징적으로 보여주고 있다. 해안도로를 따라가다 보면 산을 향해 허리를 구부리고 있는 나무 형상들을 목격하게 된다. 나무들이 바다를 향해 등을 진 채 산을 향해 승냥이 울음소리를 내다 등허리가 휘어져버린 형세다. 이곳에 들고났던 흉흉한 바람의 강도를 짐작할 수 있다.

억새는 아까부터 불안한지 자꾸만 몸을 기울이며 수선화의 목덜미를 기웃거린다. 억새는 그야말로 바람기 물기 다 말라버린 채 오기 하나로 버티고 있는 셈인데 옆에서 수선화의 거친 숨을 듣고 있으니 그 또한 얼마나 심란하겠는가.

멀리서 파도가 들썩거리면 억새는 머리를 더욱 흔들며 수선화의 잎 가까이에서 피리소리를 내며 운다. 내줄 것 다 내준 이가 부르는 노래에서는 심장을 갈아 켜는 현의 소리가 난다.

섬의 담장을 넘나드는 바람의 산란을 수선화는 더 얼마나 견딜 수 있을까. 부화관의 노란 색소가 꽃잎에 번지고 있는 것으로 보아 목이 너덜너덜 흔들리는 이 순간에도 이들은 전심전력을 다해 향기를 뿜어내고 있음이 분명하다. “후욱” 하고 내 목을 넘어가다 걸린 그 향기가 어쩌면 꽃잎의 유언 같은 게 아닐까. 어쩌다 이 섬에 와 이렇게 피었으나 목이 떨어지는 순간까지 내 향기 잃지 않았노라고. 자존심은 그런 거라고.

골목의 봄

앞 집 옥상에도 남자 바지와 와이셔츠 몇 벌이 바람이 부는 방향으로 쏠린 채 널려있다. 그리고 자꾸만 기웃거리며 눈여겨보던 앞집 마당엔 자목련이 벙긋벙긋 아래로 입을 벌린 채 쏟아지는 웃음을 어쩌지 못하고 있다.

얽히고설킨 전선줄의 모양새만 보아도 이 동네 골목의 내력을 알 수 있다. 한 주 내내 얼키설키 엉키어 투덜대던 골목에 담장 너머의 푸념들 모아 햇살 한 무더기 피워냈다. 며칠 전까지만 해도 담장 위 개나리는 푸릇푸릇 하더니만 사나흘만에 꽃이 활짝 핀 것이다. 하수구 공사로 골탕내 곰팡내로 눅눅하던 골목이 덕분에 환해졌다.

아스콘 공사가 끝난 지 보름도 안 된 것 같은데, 아스콘 바닥 틈새로 초록 싹 하나가 빼꼼히 고개를 내밀고 있다. 씨앗의 '씨'자도 얼쩡거리지 못하도록 그 숨구멍을 아예 막아버린 아스콘 벽을 뚫고 "저, 여기 있어요."하고 방금 솟은 웃니 하나를 드러내보인다. 누군가 지나가다 밟아버리면 어쩌나. 철조망이라도 쳐주어야 할텐데….

한결같이 낮은 슬레이트 지붕에 군데군데 녹슨 양철지붕 새로 빗물이 새어 비오는 날이면 이 집 저 집 양동이를 방안으로 들여놓는 건 다반사이다. 발소리만 들어도 누가 지나가는지 알 수 있고, 간밤의 시끄럽던 싸움의 내막까지도 굳이 묻지 않아도 훤히 알 수 있어 인간적인, 너무도 인간적이어서 가끔은 힘에 겨운 곳이 바로 우리 집 골목이다. 지나는 어른들에게 가벼운 목례라도 소홀히 하고 넘어가는 날엔 뒷목이 서늘하기 일쑤다. 그리고 굳이 알고 싶지 않은 인간사가 의도하지 않아도 저절로 귀에 들려와 신경을 곤두서게 하거나 측은지심을 불러일으켜 괴로운 밤을 부르기도 한다.

이 골목에선 서로의 사생활이란 없다. 전봇대를 사이에 두고 무수히 많은 사연들이 서로의 삶에 전류를 공급하고 있다. 사생활을 철저히 보장받고 싶은 자유에의 욕구가 생존의 욕구보다 앞선 사람이면 이 골목에 들어와서는 며칠도 못살고 떠날지도 모른다. 아침부터 새벽녘까지 이러저러한 소음으로 시달려야만 하고, 간헐적으로 울리는 구급차 소리가 간담을 서늘하게 하기도 한다.

노후 된 집의 수 만큼 노인 혼자 사는 집도 많고, 방세가 싼 편이어서 젊은이들이 세 들어 살거나 오갈 데 없는 노인이나 노숙자들이 동숙을 하는 집도 꽤 된다. 대낮에도 술병 들고 왔다 갔다 하는 사람이 자주 보이고, 출근길에 보면 대문 앞에서 신발 벗고 잠을 자는 청년도 여러 번 목격한 적 있다. 하루를 사는 게 힘겨운 이들이 모여사는 우리집 골목. 유난히도 조용한 오후, 이들에게 오늘 같은 일요일은 어떤 의미일까?

탈수된 빨래를 들고 오랜만에 옥상으로 올라가 본다. 빨래를 탈탈 털어 널면서 느끼는 이 자유, 황사 바람이 조금은 두렵긴 해도 어쩌다 한 번씩 맞는 이 자유를 포기할 순 없다. 앞 집 옥상에도 남자 바지와 와이셔츠 몇 벌이 바람이 부는 방향으로 쏠린 채 널려있다. 그리고 자꾸만 기웃거리며 눈여겨보던 앞집 마당엔 자목련이 벙긋벙긋 아래로 입을 벌린 채 쏟아지는 웃음을 어쩌지 못하고 있다.

자목련이 피어 있는 집을 보면 누구인지 모를 그 집 막내딸의 병색을 짐작하곤 하던 때가 있었다. 소설 속의 소녀는 하나같이 폐병을 앓다 죽었으니 말이다. 앞집에는 철호네가 산다. 출근 하는 길에 가끔 철호 엄마를 만난 적 있다. 말수가 적고, 웃을 때 광대뼈가 붉어진다는 것 말고는 아는 게 별로 없다. 언젠가는 눈두덩이 밑이 퍼렇게 멍든 채 눈인사만 하고 지나간 이후로 왠지모를 수심이 깊어지고 있다는 것을 느끼기도 하였다.

개나리가 한정 없이 하늘로 오르고 있다. 남의 집 담장이 제 삶의 터전인지라 늘 눈치만보고 있던 개나리가 제 계절을 맞아 오랜만에 기를 펴고 있는 것이다. 전에 없던 이층 집이 떡하니 생겨서 개나리에겐 햇살이 더없이 소중한 터이다. 오늘같이 햇살 좋은 날은 맘껏 기지개를 펴고 햇살을 제 몸 속에 빨아들여야 한다. 하루 벌어 하루 살기가 힘든 우리 골목 식구들에게 개나리는 종종거리는 입을 모아 이렇게 외치고 있는듯 하다. “여러분, 일어나세요. 봄이 왔다구요. 봄, 봄이라구요!”

폐지 줍고 가는 노을

햇살 한 줌 등 뒤로 와서 잘디잘게 부서지며 그림자 길게 드리운다. 대신 등짐이라도 나눠 지고 싶은지 그림자도 지게모양으로 누웠다. 그늘이 때로는 따뜻할 수 있음을 느끼는 시간이다. 짐 내려놓고 한 숨 크게 쉬다 보니 어느새 노을이 저만치 대기 중이다.

발바닥과 땅바닥의 접점, 그 접점의 수만큼 길이 된다고 했던가. 지상의 양식을 얻기 위해 새벽녘부터 저물녘까지 길 위에 떠돌던 시간들, 그 시간들의 중량이 노을처럼 무겁게 내려앉는 날은 "에이구 칵 죽기나 하디"라던 복녀의 시뻘건 눈동자가 떠오른다. 현실이 내 능력 밖이라 여겨지는 날엔 소설이 현실로 읽혀지는 것이다.

봄이 왔다고하나 날씨는 아직도 제 궤도를 찾지 못하고

있다. 간신히 기류를 수습하고 기운을 차릴 양이면 아닌 바람이 구름을 몰고 와 다시 비를 뿌리고, 엊그제는 난데없는 눈이 내리기도 했다. 벙긋 피어오르던 목련들이 다시 시들시들하며 이미 피어올린 꽃잎을 주워담지 못하고 안절부절하고 있다. 들여놓았던 옷가지들을 다시 꺼내 주섬주섬 꺼내 입으면서 언젠가 신호등 앞에서 본 노란글씨를 떠올린다. 예측 출발금지!

저기 멀리서 걸어오는 노인의 모습이 눈에 익다. 우리 집 골목에 사는 꽃할머니, 유현이가 붙여준 별칭이다. 노인 복지관에서 배운 솜씨로 폐지를 모아 꽃도 접고, 종이학도 접어 갖다 주셔서 붙여진 이름이다. 그래서 유현이는 신문에 끼여오는 광고지는 모두 모아서 꽃할머니를 갖다드린다. 그런데 요즘엔 그 폐지로 꽃이나 종이학을 접는 대신 10킬로그램씩 모아 골목 입구에 있는 K식당에 갖다 주는 모양이다. 언뜻 듣기로는 1킬로그램 당 130원씩 받는다고 하셨다. 한창 값이 오를 때는 2·3백 원까지도 받았다는 데 요즘은 시세가 더 내려서 10킬로 모아봐야 2천원도 안 되는 돈이다. 그 사정을 듣고나서는 신문을 부지런히 모으고 있다. 그렇다고 한들 돈이 얼마나 되겠는가. 생각하면 아득하기만 하다. 할머니 발걸음이 천근만근이다.

"그건 안 됩니다게!" 인심이 넉넉하기로 소문난 복순 슈퍼 아줌마의 목소리엔 짜증과 안타까움이 반반 섞여 있다. 가게 앞에 쌓여 있던 라면 박스를 집으려던 꽃할머니를 향한 미안한 일침이다. 몇 안 되는 폐지가 실린 수레를 끌며 이리 기웃 저리 기웃, 아무리 둘러봐도 마땅히 폐지라고 할 만한 게 없다. 정훈이네 자전거방 앞에서 제사떡을 나눠먹던 노인 몇이 한 조각 들고 가라는 걸 손을 내저으며 뿌리치고 얼른 클린하우스 쪽으로 발걸음을 옮긴다. 클린하우스에 비치

된 종이류 함에는 간간이 쓸 만한 폐지들이 들어 있기 때문이다. 다른 사람이 선수를 치기 전에 얼른 선점해야한다. 선점의 행운은 늘 부지런한 사람의 몫, 버려진 것들에게까지 속도를 시험하는 무서운 세상이다.

길 위에서 행운을 줍기란 하늘의 별따기다. 발품 이외의 행운을 빌어본 적 없는 저 생애, 손바닥, 발바닥, 가슴 바닥마저 거북이 등껍질 마냥 갈라진 풍찬노숙의 여정을 거쳐 이제 노을이 든 나이가 되었다. 고비 고비마다 등골 빼서 첫째, 둘째, 셋째…살리다 보니 굽이굽이 휘어진 척추에 욱신거리는 두 다리, 이제 그 다리를 이끌며 어디로 가야하나.

햇살 한 줌 등 뒤로 와서 잘디잘게 부서지며 그림자 길게 드리운다. 대신 등짐이라도 나눠 지고 싶은지 그림자도 지게모양으로 누웠다. 그늘이 때로는 따뜻할 수 있음을 느끼는 시간이다. 짐 내려놓고 한 숨 크게 쉬다보니 어느새 노을이 저만치 대기 중이다.

허리 한 번 길게 펴지 못한 생을 위해 노을은 하루 한 번 불덩이를 문 제 심장을 꺼냈다 들여놓는다. 이만한 불덩어리들 누구나 가슴에 묻고 사느니 외로워마라, 외로워 마라.

네 걸음 뒤로 그림자 길게 따라가느니 외로워 마라. 외로워 마라. 까무룩 잊혀질 것 만 같았던 진실의 시 한 편 뱉어놓고 가는 노을, 그 숨소리에 "카르랑 카르랑" 가래 끓는 소리 들린다.

산자고가 전하는 말

몸을 아예 엎디고 다리는 산 아래를 향해 내리고 얼굴은 오름의 능선을 향해 치켜드니 산자고의 자태가 더욱 유려하게 보인다. 내 몸을 낮출 때라야 비로소 타자의 모습이 보인다는 것을 새삼 깨닫는다. 한참을 쳐다보는데, 해를 향해 뻗은 여섯 가닥의 잎사귀가 간들간들 목을 가눈다.

봄은 화두花頭로 시작하고 화두話頭로 매듭짓는 게 분명하다. 찬란하여야 할 이 봄날에 세상사가 전하는 소문이 어줍잖고 미덥잖게만 여겨지던 날, 먼 곳에서 나를 부르는 이름 하나 있어 핸들을 급하게 틀었다. 내 생에 이런 생경스러운 일도 다 있다니. 그리운 이름이야 어디 한 둘인가. 가던 길까지 막아서며 나를 불러 세울 정도면 그도 만만찮은 것임에 틀림없다. 그이를 만나려면 어디로 가야할까? 누군가 본

적이 있다는 사람을 수소문해야 한다. 단유에게 전화를 걸어 어디가면 만날 수 있냐고 물었더니 요즘은 아무데서고 보이더란다. 그래, 가자.

산자고山茨菰, 이름만으로도 영혼의 무게가 느껴진다. 어느 해 4월 중순 쯤에 그 꽃을 처음 보았다. 얇은 암대에 기다란 잎사귀의 붉은 실핏줄이 여리게만 느껴졌던 그런 꽃이다. 눈에 확 띄지 않는 꽃이라 주의를 기울이지 않으면 볼 수 없고, 어쩌다 마주쳤을 때 무릎을 꺾고서야 그의 눈빛을 읽을 수 있다. 그가 종종거리는 말을 알아들으려면 한참은 귀를 기울여야 한다. 그렇다고 그 말을 다 알아들을 수 있다는 것은 오만이다. 몰라도 알아듣는 척 고개를 끄덕이는 순간 산자고는 해를 따라 고개를 숙이고 만다. 해가 들어갈 즈음, 하늘을 향한 그의 눈망울에서 초를 다투는 급박함이 느껴지는 것은 내 안의 어떤 기미 때문이다. 갑작스레 그 이름이 보고 싶었던 것은 내 무의식 안에서 알 수 없는 불안이 꿈틀거림을 감지했을 터이다.

오름을 가로지른 숲을 지나는데 "휘리리리" 휘파람새가 어딘선가 울어댔다. 가던 걸음을 멈추고 소리가 나는 곳을 두리번거렸으나 새는 보이지 않았다. 옷깃이 나뭇가지를 스치는 순간, 포르릉 하며 나뭇가지에 숨었던 새가 급하게 날갯짓을 한다. 카메라가 그의 뒷꽁무니를 따라잡지 못했다. 발 아래 솜양지꽃이 어눌한 내 동작을 쳐다보며 빙그레 웃다가 내 눈과 마주쳤다. 겸연쩍어 하는 꽃의 얼굴을 대신 찍었다. 조금 더 올라가니 산새의 깃털들이 여기저기 흩어져 나뒹굴고 있었다. 산자들의 사투는 이곳에서도 어김없나보다.

"여깄다!" 금악오름 정상에서 산자고를 만났다. "여깄다!"'고 탄성을 지르는 순간, 화들짝 놀랜 산자고들이 모두들 고개를 들었다. 불쑥 불쑥 불쑥…. 오름 전체가 산자고 군락이다. 그들은 벌겋게 실핏줄이 드러난 잎사귀를 곧추세우고, 낯선 이의 발소리에 숨을 크게 들이쉰다. 나도 발자국 소리를 죽이며 그들 가까이 몸을 숙인다. 두엄 냄새가 훅 하고 올라온다. 멀리서도 여린 실핏줄이 확 눈에 띈다. 그들의 실핏줄을 찍으려면 몸을 아예 엎디는 게 낫겠다 싶어 아예 포수의 자세로 몸을 더욱 낮추고 산 아래를 향해 다리를 내렸다.

몸을 아예 엎드리고 다리는 산 아래를 향해 내리고 얼굴은 오름의 능선을 향해 치켜드니 산자고의 자태가 더욱 유려하게 보인다. 내 몸을 낮출 때라야 비로소 타자의 모습이 보인다는 것을 새삼 깨닫는다. 한참을 쳐다보는데, 해를 향해 뻗은 여섯 가닥의 잎사귀가 간들간들 목을 가눈다. 무슨 말을 하는 것 같은데 나는 그 말을 알아듣지 못한다. 내게서 아무 말이 없자 산자고의 얼굴에는 자주색 실핏줄이 더욱 선명하게 돌고, 여섯 개의 노란 꽃술이 동그랗게 눈동자를 굴린다. 꽃술에 묻어있던 그들의 시어가 바람에 흩어진다. 빨리 받아 적어야 하는데…아, 바람이여. 오, 내 아둔함이여!

노을진 포구에서

말이 대신할 수 없는 노을을 가슴에 안은 이들, 이제 서로의 어둠을 감싸줄 일만 남았다. 합일의 기쁨을 오래 만끽하기 위해선 파도타기를 잘해야 한다. 바다처럼 신도 때로는 시샘을 부리기 때문이다.

길을 떠나본 자만이 되돌아올 수 있다. 길 위의 상처들을 핥으면서 나를 향해 되돌아오는 일은 얼마나 지난한 여정인가. 바다 위에 떠 있는 불빛들을 마주하던 숱한 밤을 보내고서야 비로소 '아름답다'는 말의 모체어가 '아리다'임을 깨닫는 것이다. 그때는 이미 너무 먼 길을 와버렸음을 알게 되는 것은 또 얼마나 슬픈 일인가.

저 멀리 물오리처럼 떠 있는 작은 배 한 척 어디론가 가고 있다. 어머니의 헐거워진 자궁과 같은 포구는 오고 가는 배들이 흘린 실밥들을 담담하게 바라보고 있다. 발자국, 물 위에 발자국들이 실밥처럼 떠있다. 돌아오는 배의 꽁무니로는 아문 자리에서 뽑혀져 나오는 실밥들이 날리고, 생살에 인두질 하며 떠나는 배의 뒤꿈치엔 임시로 봉합된 상처들이 삐죽삐죽 고개를 내밀고 있다. 길이 멀고 험하다는 걸 알지만 두렵다고 느낄 때 떠나야 한다. 먼 길을 가 본 자만이 시작과 끝은 한 점이라는 걸 온몸으로 알 수 있기 때문이다.

떠나가는 배를 뒤로 한 채 한 쌍의 노을이 물 위에 피었다. 새벽부터 저녁에 이르기까지 쉬지 않고 걸어온 태양이 어둠에 들기 전 마지막 산고를 겪는 것이 노을이라면 이는 절정에 이른 꽃에 비유할 수도 있으리라. 꽃을 안은 노을이 어쩐지 쑥스럽다. 애써 웃음 짓는 노을의 주름가로 애잔한 미소가 피어오른다.

물이랑에 갇힌 바람이 장조에서 단조로 길을 바꾸고 어느 순간 속을 후벼 파는 회오리를 일으킨다. 그 위로 비늘같은 햇살이 잘게 부서진다. 햇살의 기운이 둥글게 말리더니 귀가까이 뜨거운 입김이 서린다. 그리곤 휘이익 하고 튀어나온 거친 팔뚝이 갑자기 여인의 어깨를 휘감는다. 이럴 땐 멀미에 못이기는 척 쓰러져도 좋으련만…. 광대뼈와 팔뚝, 장단지에 들러붙은 저 팽팽한 긴장감, 몸에 배인 억압의 습관이 오늘같은 날에도 여전하다.

돌아보면 있는 그대로 꽃이었던 시절도 있었으리라. 맨얼굴 만으로도 꽃향기 상큼하던 시절, 킁킁거리며 모여들던 벌떼들과 나비들은 다 어디로 갔는지. 감춘다고 세월의 주근깨를 지울 수 있으랴. 굼벵이마냥 땅 속만 헤집고 다니면서 가슴 바닥 긁어대는 것이 유일하게 사는 길이었던 저들. 그 세월 앞에 부끄럼 없다면 노을 진 모습도 한 폭의 그림이다.

노을 질 무렵의 웨딩 마치, 꽤 운치 있는 그림이다. 이제 더 바랄 것이 없는 시간 앞에 오롯이 서로에게만 충실할 수 있는 사랑이 기다리고 있다. 서로 외로운 날이 많았을 것이다. 밤마다 바다에 나와 먼데서 아른거리는 불빛 앞에서 누군가 불쑥 손 내밀어주기를 누구보다 간절히 빌었을 것이다. 무슨 말을 어떻게 하랴. 말이 대신할 수 없는 노을을 가슴에 안은 이들, 이제 서로의 어둠을 감싸줄 일만 남았다.

합일의 기쁨을 오래 만끽하기 위해선 파도타기를 잘해야 한다. 바다처럼 신도 때로는 시샘을 부리기 때문이다.

궁색한 변명

종착역에 가까워질수록 말줄임표가 늘어난다. 궁색할수록 말이 많아지는 법이다. 말할 수 없는 것에 대한 궁색한 변명은 생채기에 소금을 뿌리는 격이니 할 수만 있다면 침묵하기로 하자.

길 위에서 만난 풍경이 내 코를 자꾸만 킁킁거리게 한다. 배추를 실은 트럭과 돼지를 실은 트럭이 나란히 내 앞에서 달리고 있는 것이다. 냄새 나는 저 풍경 속에서 급작스레 살기를 띤 물음이 내 안에서 튀어나온다. 너도 저 풍경 속의 처지와 별반 다를 바 없지 않냐고.

뿌리가 싹둑 잘린 배추의 무리들이 종횡으로 포개어져 어디론가 실려 가고 있다. 허옇게 드러난 잔등이 초록망에 갇힌 채 옴싹달싹을 못하고 있다. 속이 꽉 찬 것들의 말없는 말, 뿌리가 잘리고 흙을 탈탈 털어내는 그 순간에 전력을 쏟아냈던 그 숨, 그 온기를 땅은 기억할까. 기억이란 내 필요와 욕구에 의해 강제로 소환된 체험의 일부일 뿐 그 전부는 아니다. 어쩌면 땅은 본질상 더 많은 생명을 끌어안기 위해 기억보다 망각의 기능을 내면화하고 있는지도 모른다. 유체이탈의 매순간에 정을 빼앗기는 일은 사사로움에 얽매여 더 큰 생명을 키우지 못하기 때문이다. 또한 이별의 시간이 돌고 돌아 어느 순간 한 지점에서 만난다는 것을 알기에 그리 아쉬워 할 필요도 없다. 땅으로부터 분리된 저 배추들의 운명은 철저히 인간의 손에 맡겨진 것 같지만 결국은 땅으로 돌아갈 것이다. 농산물 시장을 거쳐…식탁을 거쳐…똥을 거쳐 어머니 품속으로 가는 여정, 생명의 순환이 이처럼 명확한데 순간에 매일 필요 뭐 있겠는가.

차선을 바꾸니 돼지들의 꽥꽥거리는 소리가 가까이 들린다. 맹목적으로 사육되어진 것들의 몽롱한 눈빛 그리고 아우성. 육중한 몸이 저들끼리 부딪치며 내는 아우성엔 쇳소리가 난다. 주둥이를 쳐 박으며 서로를 할퀴려드는 듯 눈빛들이 뻘겋다. 그도 그럴 것이 예측 불가능한 현실 앞에서는 누구든 스트레스가 한계선을 넘는다. 다가올 살기를 예감한 것인지 하얀 털들이 쭈빗쭈빗 일어서고 있다. 흔들리는 속도를 지탱하고 있는 두 다리엔 팽팽한 긴장감이 돌고, 그 에너지의 총량이 꼬리로 모아져 어떤 기도마냥 하늘을 향했다. "꽥꽥꽥…". 그들의 운명에도 쇳소리가 더욱 가까워짐을 직감하고 있는 것인지, 속도를 낼수록 체념이 가미된 피섞인 울음에 바람이 칼집을 내는 듯 아프다.

나야말로 어디로 향하고 있는가. 매일매일 사각의 틀 안에 갇혀 부지런히 돌아다니고는 있으나 예측불가능한 사태 앞에서 늘 우왕좌왕이다. 동물에게 이빨의 쓰임새가 '씹기'

와 '갈기', 이 두 가지인 것처럼 나도 '씹기'와 '갈기'에 매달리고 있는 건 아닌지. 나에게 '씹기'는 대체로 강자에 대한 수동적 저항이고, '갈기'는 약자에 대한 능동적 억압이다. 이 또한 나의 주체적 의지라기 보다는 학습에 의해 내면화된 습관이라 보아야 할 것이다. 문제는 그래서 행복한가이다. 도대체 내게 누구를 씹고 갈굴만한 자유와 권리가 있는가? 마찬가지로 누가 나를 씹고 갈굴 수 있단 말인가. 종속과 억압에 길들여진 삶의 태도를 바꾸지 않는 한 나에게 행복이란 있을 수 없다는 것을 내 앞의 것들로부터 배운다. 신호등 앞에서 배우와 돼지를 실은 트럭은 서로의 갈 길을 간다. 나도 내 갈 길을 간다. 종착역에 가까워질수록 말줄임표가 늘어난다. 궁색할수록 말이 많아지는 법이다. 말할 수 없는 것에 대한 궁색한 변명은 생채기에 소금을 뿌리는 격이니 할 수만 있다면 침묵하기로 하자.

그 남자의 길

'두 개의 바위 틈을 지나 청춘을 찾은 뱀과 같이' 생각에 생각의 꼬리를 물고 가다보니 어느새 반환점이다. 저 멀리 노를 저으며 느리게 오고 있는 연인의 카약 위로 댕강나무 꽃잎이 떨어진다. 남풍에 키낮은 댕강나무 꽃잎이 날리면서 계곡에 안개꽃을 피운 것이다.

바위에 밧줄 하나 매달고 10미터의 반경을 이리 당기고 저리 밀리고 하루 종일 그렇게 제 마음만 밀었다 당기는 한 남자가 있다. 다 삭은 밧줄이 그 세월을 말해주듯 구릿빛 그의 낯빛이 유난히 햇살에 반짝인다. "타고 오르실 때는 미끄러지지 않도록 조심하십시오. 한 번 미끄러지면 다시 일어나기 어렵습니다." 한 번 미끄러져본 경험이 있는 자는 그 말을 듣는 순간, 가슴이 철렁 내려앉는다. 구명조끼를 다시 한 번 점검하고 손에 밧줄을 한 번 더 휘감는다.

"돌돌돌돌 스으으윽!" 지지대에 동여매었던 밧줄이 풀리더니 구렁이 담 넘어가듯 배의 앞머리가 삼각의 길을 낸다. 통통거리며 우아하게 출발하길 기대했었는데, 밧줄 하나 꼭 부여잡고 이렇게 긴장될 줄이야. 구명조끼의 버클이 풀리면 어떡하나 다시 한 번 조여본다.

"자, 이 배는 시속 10킬로로 출발하고 있습니다. 대단히 빠른 속도인거죠. 지금 출발하여 한 바퀴를 돌고나면 약 50여분이 소요됩니다. 하지만 줄을 당기는 사람이 컨디션이 안 좋으면 10분 정도 더 걸립니다. 줄을 당기는 사람은 저란 말씀인거죠."

쿡쿡, 옆구리에서 웃음이 새어나온다. 옆 사람의 얼굴에 도 흐뭇한 미소가 배어있는 걸 보니 선장의 유머스런 말투에 긴장이 풀리는 모양이다. 밧줄에다 시선을 두고 무심히 내뱉는 말에서 간고등어 맛을 느낀다. 방금 배 가른 고등어에 살짝 왕소금 뿌린 맛, 좀 더 치려다 몇 방울 슬쩍 밖으로 내버린 그 맛!

쇠소깍, 이름에서 느껴지는 까탈스러움과는 달리 소나무 숲을 양 옆으로 가르며 우뚝 솟아있는 기암절벽은 시·공간을 순식간에 초월한 어떤 기시감 같은 것을 느끼게 하였다. 마치 전우치가 건네준 그림족자를 선물 받은 것 같은 신비로움이라고나 할까. 매일 그림족자로부터 돈 한 냥씩 받으며 살던 한자경이 욕심을 부려 화를 당하던 찰나, 미끄덩 내 발을 치며 도망가는 이가 있었으니, 그것은 다른 아닌 숭어였다. 물 속에서 숭어가 불쑥 튀어오르더니, 날래게 공중곡예를 하며 물 속으로 사라졌다. 아, 숭어가 사는구나!

"저기 저 바위는 벌집 바위입니다. 누구 가슴을 닮았습니다. 그리고 그 옆에 키스 씬 찐하게 하는 바위 보이시죠? 염

장 지르는 바위입니다. 이곳에 있는 바위는 저마다 다 이름이 있습니다. 사자 바위, 사랑 바위, 벌집 바위… 다 제가 지은 이름입니다."

배가 출렁거릴 정도로 다들 웃는다. 그 중에 내 웃음이 제일 크다. 들썩거리던 웃음이 제자리를 찾을 즈음, 펄쩍! 숭어가 또 튀어 오른다. 선장은 한마디 하려다 그만 두는 눈치다. 그 눈빛을 들킨 게 쑥스러운지 선장은 얼른 바위 이야기로 넘어간다. 왼쪽으로 시선을 돌리니 변의 길이 1미터 가량의 정삼각형 바위가 덜컥 내려앉았다. 금이 간 모양이 붕어빵틀처럼 또렷하다. 멀쩡하던 바위가 어느 날 저렇게 내려앉았단다. 주변이 개발되면서 바위가 내려앉는 일이 생기는 것이다.

세상에 신고하며 오는 아픔이 어디 있겠는가. 사랑도 그렇게 어느 날 금이 갔더란다. 그러고 보니 세상천지가 다 위태로운 처지다. 바위 밑에 겨우 밑둥을 묻고 날마다 심줄 하나씩 끊어지고 있는 소나무, 개발바람으로 자고나면 주변 지반이 들렸다 놨다 하는 통에 바위마저 어디 한 곳 성한 데 없다. 발가벗고 배치기하던 옛 바위 터도 이젠 오간데 없다는 선장의 말에 입꼬리가 내려갔다.

'두 개의 바위 틈을 지나 청춘을 찾은 뱀과 같이' 생각에 생각의 꼬리를 물고 가다보니 어느새 반환점이다. 저 멀리 노를 저으며 느리게 오고 있는 연인의 카약 위로 댕강나무 꽃잎이 떨어진다. 남풍에 키낮은 댕강나무 꽃잎이 날리면서 계곡에 안개꽃을 피운 것이다.

돌아오는 길은 접혔던 마음이 한결 편안해졌다. 구명조끼의 버클을 살짝 풀어놓는다. 한 번 가 본 길에 대한 안도감이다. 그리고 먼 바위에 밧줄 하나 질끈 동여맨 기억 있다면 세상에 두려울 게 뭐 있겠는가. 풍경이 아름다울수록 그 안에 상처 자국 그득하다. 쉼 없이 길을 걸어본 자만이 상처에 민감하지 않는다는 걸 테우를 타고 쇠소깍 한바퀴를 돌고나니 새삼 깨닫는다. 눈 감고도 그 길을 갈 수 있다는 건 그만큼 그 길을 많이 걸었다는 것이 아닐까. 선장은 눈 감고도 사람 마음 다 안다는 듯이 "이제 오줌 마렵죠?" 하고 웃는다.

테우에서 내리는 데 물이 무릎 가까이 내려 앉았다. 50분여 시간차를 두고 수면이 10센티 가량 낮아진 것이다. 오른쪽 다리와 왼쪽 다리 사이 물빛이 초록빛을 띈다. 해수의 양이 줄어들고 담수로 완전히 채워지고 있단다. 쇠소깍, 이곳은 하루에 한 번 물갈이 하는 곳이다. 나도 하루에 한 번 물갈이가 필요하다. 짜디짠 마음이 담수로 채워지는 시간, 그 시간이 지나면 나는 담담해질 것이다.

모래의 시간

달이 이우는 모습에도 사과 깎듯 저 가슴 도려내는 아픈 날이 있다. 뭐가 그리 아프다고 온갖 야빈닥을 부리는지. 세상사에 이리 굴리고 저리 굴린다 한들 저들만 하랴. 저들도 한때는 산이었다가 바위였다가 알작지의 몽돌에 이르른 게 아닌가.

발길 닿는 대로 가다보니 내도 알작지에 이르렀다. 좀 전까지만 해도 보이지 않았던 바위가 빼꼼히 제 얼굴을 드러내는 걸 보니 간조 때임을 알 수 있다. 물살은 수평선 가까이 밀려가고, 패잔병처럼 모여든 몽돌들이 서로의 어깨를 풀고 알몸 드러낸 채 달짝지근한 오수에 들었다.

밀리고 쓸리고를 반복하는 생의 여정 속에 잠시 물기가 사라지는 한때가 있다는 것도 행운이다. 하늘을 이불 삼아 맨

살로 잠에 든 이들에게서 평화가 느껴진다. "살암시믄 다 살아진다." 몽돌들에게서 할머니의 온화한 음성이 느껴진다. 긴장됐던 어깨가 슬렁슬렁 늘어지면서 나도 그들의 잠 속으로 빠져들고 싶다.

스을쩍, 몽돌들 사이에 발가락을 들이민다. 햇살에 데워진 모래의 온기가 짜릿짜릿 온몸에 퍼진다. 원적외선 치료가 따로 없다. 이대로 얼마간이면 기죽어 있던 감각들이 되살아나 온몸이 간지러울 것이다. 정처 없이 날뛰는 거친 감각들은 잦아들게 하고, 잠자던 감각들은 깨어나면 좋으련만.

주먹만한 몽돌 하나 집어 두 손에 꼭 쥐어본다. 이내 따스한 온기가 심장까지 전해진다. 울컥, 알 수 없는 눈물이 볼을 타고 흐른다. 그새 감각이 되살아나 눈물샘을 자극한 모양이다. 이런 심장을 갖고 싶었던 게다. 바람과 햇살의 합일만으로도 이내 뜨거워지는 심장. 뭐가 그리 바쁜지 현실은 늘 이상의 뒷골목을 배회할 뿐이다. 발가락 사이로 빠지는 모래알처럼 나는 소중한 것들 사이를 늘 빠져 도망간다. 좀 더 잘게, 좀 더 잘게 부서져야 하리.

달이 이우는 모습에도 사과 깎듯 저 가슴 도려내는 아픈 날이 있다. 뭐가 그리 아프다고 온갖 야빈닥을 부리는지. 세상사에 이리 굴리고 저리 굴린다 한들 저들만 하랴. 저들도 한때는 산이었다가 바위였다가 알작지의 몽돌에 이르른 게 아닌가. 삶의 여정이라는 것은 저렇게 깎이고 깎이어 마침내 흙으로 돌아가는 것을. 왜 그렇게 부정하려드는지. 흐르고 흘러 도무지 그 형체를 알 수 없는 본질이 어느 날 꽃 한 송이로 피어난다는 것을 '강아지똥'에게서 배우지 않았는가. 권정생 선생님은 그것을 온몸으로 보여주고 계시고. 보고, 듣고, 읽으면서도 내 것이 되는 일이 이렇게 어렵다니….

모래밭에서 발을 떼니 갑자기 발바닥이 간지럽기 시작한다. 깨어 있던 감각들이 급작스레 발을 떼니 놀랜 것이다. 몽돌 위에 발바닥을 갖다댄다. 간지럼이 쏙 들어가고, 온몸에 알싸한 기가 돈다. 이런 걸 두고, '생기가 돈는다'라고 말하는 것이겠지. 모든 말은 몸으로 겪여야 비로소 선명해진다. 그러니 오몽하지 않고 어디 살겠는가.

우일구도기雨日求道記

아직 소리 내어 크게 울지 못하는 나는 언제면 내가 터질 것인가. 빗장을 걸어두었던 빙산의 문이 활짝 열려 산산이 부서져 내川를 이루는 그날, 나는 비로소 자유로워지리라. 내가 터지리라. 오리무중의 이 행보는 언제 저 강을 건널까.

연암이 아홉 번 건넜다던 그 강도 이러하였을까. 숨죽여 고여 있던 먼 산의 울음이 제 갈비뼈를 풀고 심장의 흰 피를 뿜어내고 있다. 급작스런 요동에 바위들도, 나무들도, 풀들도 뿌리를 놓아버리고 물살에 제 몸을 맡기고 말았다. 거스를 수 없으면 흐름에 자신을 놓아버리는 것이 순리인 것처럼.

장마로 심장이 무너져내린 방선문 계곡은 연암의 '일야구도하一夜九渡河'를 방불케한다. 산의 빗장을 격렬하게 열어젖히며 울부짖는 승냥이의 울음소리는 밤새 잦아들 줄 모르고, 오뉴월 한을 품은 여인의 풀어헤친 머릿결 같은 바람이 '忍'이라는 글자를 갈기갈기 찢어놓은 형세다. 빗소리가 굵어질수록 제 소리를 잃을까 더욱 솟구쳐 오르는 울음들. '불멸의 연인'을 만나러 가기 위해 빠르게 마차를 굴리던 베토벤의 심장이 저러하였을까. 어쩌면 도착하기 전 그녀는 떠나가 버릴 수 있겠다는 직감이 더욱 말의 등허리를 채찍질하였을 것이다.

할머니는 비가 많이 오는 날이면, “내가 터진다.”고 하셨다. 도저히 알아들을 수 없는 말이었다. 내가 터진다? 내가 어떻게 터진단말인가. 하루종일 내리는 비처럼 내 울음이 지리한 날은 “내 터진디 데렁가켜이~.”라며 내 손을 잡아 이끌었다. 그런데도 울음을 그치지 않으면, 실제로 내 터진 계곡으로 데려가서 내 몸을 미는 시늉을 하였다.

집 앞에 영천천이 있었다. 비가 많이 오면 늘 내가 터졌다. 그날도 나는 오래 울었던 것 같다. 아무도 날 안아주지 않았기 때문이라고 나는 여전히 우기고 있다. 할머니 손이 나의 팔목을 세게 이끌었다. 그 이후론 아무 것도 생각나지 않고, “들라. 들라.”던 할머니의 말이 마취상태에서 들리는 음성처럼 귓가에 웅송거린다. 나는 할머니의 손을 절대 놓지 않았고, 할머니는 내 울음이 뚝 그치는 걸 보고야 일어섰다. 나의 울음에서 ‘소리’가 사라진 연유는 그날 그 사건 때문이라고 나는 여전히 우기고 있다. 오래된 실어증의 연유도 그러하다고.

오랠 것이라던 장맛비가 금세 하루 만에 그치고, 어제 그 계곡을 다시 한 번 가보고 싶었다. 아무 일도 없었다는 듯이 말끔해졌다. 먼발치서 그 난리를 다 구경하던 나무들은 상처받은 영혼들의 이마를 쓸어내리느라 바쁘고, 난리 통에 자리를 조금씩 바꾼 바위들은 새롭게 부여받은 자리에 무덤덤하다. 그동안 기운이 아슬아슬하던 큰 나무의 뿌리가 완전히 들린 채 자갈밭으로 밀려나 있다.

운명을 다한 나무의 뿌리와 뿌리 사이를 바람과 햇살이 넘나들며 염을 하고 있다. 저 너머를 지켜보고 있던 예덕나무 잎사귀가 연신 손사래를 치며 부채질이다. 이 모든 것이 평정을 찾아가는 가운데 씻김굿을 치르고 남은 물은 고랑 사이를 오가며 하염없이 사운댄다.

풍경이 이처럼 고요해질 수 있는 건, 바닥을 훑고 지나가는 울음의 통과의례를 거쳤기 때문이다. 그야말로 내가 터졌기 때문이다. 내가 터진다, 내가 터진다…, 아직 소리 내어 크게 울지 못하는 나는 언제면 내가 터질 것인가. 빗장을 걸어두었던 빙산의 문이 활짝 열려 산산이 부서져 내川를 이루는 그날, 나는 비로소 자유로워지리라. 내가 터지리라. 오리무중의 이 행보는 언제 저 강을 건널까.

만월에 부쳐

가지가 뻗는 방향을 따라 뿌리를 뻗는 나무처럼 한자리 붙박은 어머니의 삶은 자식들의 사는 방향을 바라보며 가만가만 뿌리에서 물을 길어 올리신다.

늘 빠른 길을 고집하다 가끔은 시간을 길게 늘어뜨리며 에둘러 가고 싶어지는 날이 있다. 해가 잠시 자리를 비키고 상기된 대지를 구름이 어루만질 때 이곳 수원지에 피어나는 안개는 방금 내가 걸어온 길 위에 흘리고 온 경솔과 무례마저 다독여주는 듯 편안하다. 가끔은 이렇듯 품이 너르고 귀가 순하여 남의 허물을 눈감아주는 풍경이 참 고맙다.

나무는 늘 그 자리다. 그들에게는 일도양단의 선택권이

없다. 절체절명의 손금을 순하게 받아들인 내 어머니처럼. 400년 된 곰솔나무는 몸통을 네 갈래로 쩍 갈라 바람으로 봉합된 가지마다 외로움을 질끈 문 이빨자국이 선연하다. 한 배에서 나온 자식이지만 타고난 기질대로, 바람의 결을 따라, 햇살의 유혹에 자신의 길을 맡겨버린 곰솔 가지들. 오랜 세월 버텨내고서도 순식간에 불어 닥친 강풍은 어쩌지 못했는지 그 중 하나가 수면과 15도 각도로 기울어진 채 위태롭다.

땅으로 이우는 시간이 가까워질수록 나무는 구석구석 어느 한군데 성한 데가 없다. 자신의 배를 갈라 뻗은 가지들을 일으켜 세우느라 제 몸에 7개의 쇠를 대었다. 군데군데 패인 가슴께엔 거미들이 집을 지었고, 세월의 더께로 각질을 이룬 수피에는 이끼들이 살림을 차려 움찔움찔 자라고 있다. 허리춤에 터를 잡은 콩짜개덩굴은 나무의 피고름을 빨아먹으며 우렁우렁 살집을 키우고 있고, 그 옆에 1미터 가량의 수술 자국, 그 마저 너덜거리고 있다.

어머니도 바퀴가 지나간 자리에 쇠를 박고 한자리 붙박은 삶이다. 흙으로 조소를 하듯 엉덩이 살 떼어다 발목에, 정강이에 붙였으나 저기압의 기운만 있어도 이리 쑤시고 저리 쑤셔 온밤을 뒤척이신다. 어머니도 배를 갈라 가지 넷을 뻗었지만 한 가지는 먼저 땅으로 이울고, 나머지 셋은 여태 등골 빼먹고 산다. 삶의 토양 자체가 부실한 집, 겨우 다리를 뻗은 나무의 가지는 크고 작은 바람에 이리 휘청 저리 휘청 옴짝달싹 못하는 몸통의 애간장만 태운다.

부박함을 침묵 혹은 푸념으로 일관하던 스스로 낮 뜨거운 시절이 가고, 사사건건 신경을 쓰며 위장막을 할퀴던 조급증도 어느새 그 맥을 놓고 말았는지 어머니는 이제 별일에도 눈 하나 꿈쩍 안 하신다. 가끔 내 행동이 마뜩지 않을 때도 "숭신 숭시여" 그러고만다. 당신도 어쩌지 못하는 세월이 있었듯이 자식과의 관계에서도 '떨켜'와 같은 종속과 독립의 경계가 분명히 있음을 받아들이신 것이다.

나무가 더 큰 생명을 위해 강풍에 찢긴 가지의 목숨을 애써 잡아 두려하지 않듯이 인력으로 되지 않는 자식의 운명에 대해 좀 더 초연해지려하는 어머니의 모습에서 뿌리 깊은 나무의 근본을 본다. 나무가 늘 그 자리에 있듯 어머니도 늘 그 자리에 계시다. 가지가 뻗는 방향을 따라 뿌리를 뻗는 나무처럼 한자리 붙박은 어머니의 삶은 자식들의 사는 방향을 바라보며 가만가만 뿌리에서 물을 길어 올리신다. 오랜 가뭄이거나 예기치 않은 강풍이거나 웬만한 것엔 뿌리를 드러내지 않고 늘 그 자리에 계실 뿐이다.

나를 배신하지 않을 유일한 대상, 그것은 분명 내 어머니일 것이다. 영원불멸의 연인을 곁에 두어서인지 나는 늘 천방지축이다. 부러 철들지 말기를 노력하는 아이처럼. 가끔은 뼈 없는 아이처럼 동그랗게 말려 그 배 속으로 들어가고 싶다. 양수물 쪽쪽 빨아먹으며 세상과 결별하여 열 달 더 무르익고 나오고 싶다. 초사흘 달이 만월을 꿈꾸듯 어머니의 등골을 빼먹으면서 나는 여전히 둥근 달을 꿈꾸고 있는 것이다.

거꾸로 읽는 하루

> 간간히 머릿발 센 나무들이 존재증명 하느라 붉으락푸르락 목울대 울리는 소리 또한 들린다. 그마저 바람이 빗질하고 구름이 한 번 쓰다듬고 지나가니 사방이 고요해진다. 호통보다 더 센 힘은 쓰다듬기이다.

아침부터 딴지거는 하루를 예고했다. 우도로 가기 위해 성산항을 향하는데 자꾸 신호등에 걸려 속도가 나지 않았다. 신호체계가 바뀌었는지 눈감고도 갈만한 길이 낯설었다. '직진 후 좌회전', 습관적으로 브레이크 페달에서 발을 떼다가 여러 번 급정지 하곤 했다. 그러니까 '직진 후 좌회전'이라는 말은 일단은 직진은 하라는 건지, 직진 신호 다음에 좌회전 하라는 건지 헛갈린다. 할머니에게 물아보라

저 뜻을 누가 알겠는가. 세상에는 난독기호가 너무나 많다. 알 사람만 알아들으라는 식이다. 이것도 평등권에 위배되는 거 아닌가.

이번엔 '예측 출발 금지'가 걸린다. 세 마디의 여섯 단어, 이를 해독하면, 두 가지 명령어가 숨어있다. '예측 하지 마', '출발하지 마', '예측도 출발도 하지마'. 오리무중의 포로가 되라는 뜻이다. 그 옆에 파란 딱지에는 화살표가 나를 향해 있다. 유턴을 허락하는 기호라는 것은 안다. '좌회전 시, 보행신호 시, 소형·승용·이륜에 한함'. 도로 위의 기호들은 운전자를 위한 기표라지만 해독 가능한 사람에게만 유효한 것이니 이 또한 폭력 아닌가.

가끔 이렇게 내 눈에 걸리는 아무 것에게나 딴지를 걸어 보고 싶을 때가 있다. 그 누구의 명령도 받지 않고 내 맘대로 살아보고 싶은 거다. 딴생각에 젖다보니 황색 등 앞에서 또 걸리고 말았다. 뒤 따라오던 차가 급브레이크 밟으며 경적을 두 번 울린다. 내가 잘못한 건 없다. 조금 느리게 갔을 뿐이다. 뒤따르던 차가 내 옆으로 와서 유리창을 내린다. 나는 모른 척 앞만 쳐다본다. "정신 똑바로 차립써 아주망!" 옆 차선의 남자가 눈을 크게 뜨고 뒤이은 말을 하려다 신호가 바뀌자 '쌩'하고 출발한다. 가다가 바퀴나 빠져버려라.

우도봉을 올랐다. 초입부터 허걱대던 숨이 반환점을 도는 지점에서 턱하고 목에 걸리고 말았다. '전망대'라는 팻말이 보인다. 팻말이 붙여진 곳에는 잠시 머무르는 것이 장소에 대한 예의다. 사람들로 북적대는 전망대 앞에서 산 아래의 풍경을 바라본다. 서녘으로는 앞서거니 뒤서거니 오름 너댓 개가 어깨 죽지를 겹싸고 있다. 구름이 멀리서 다가오며 홑이불을 한 겹씩 포개어주는데 방금 내 이마를 스쳐간 바람도 구름 속으로 스미었다. 간간히 머릿발 센 나무들이 존재증명 하느라 붉으락푸르락 목울대 울리는 소리 또한 들린다. 그마저 바람이 빗질하고 구름이 한 번 쓰다듬고 지나가니 사방이 고요해진다. 호통보다 더 센 힘은 쓰다듬기이다. 저 아래 배 한 척, 어디를 돌아 다 쓸고 왔는지 발아래 물줄기가 시원스레 새 길이 열린다.

정상을 향해 다시 걸음을 뗀다. 비 온 뒤라 땅이 질퍽질퍽하다. 진흙에 짓이겨진 발자국들을 피하면서 앞선 발자국에 내 발자국도 찍어본다. 하나같이 '八'자형의 발걸음이다. 내 발자국도 팔자형이다. 일자형에 가까울수록 곧은 허리의 자부심을 느껴도 된다는 건강관리사의 말을 떠올려본다. 팔자형 걸음, 꼬일 대로 꼬인 내 정신의 표상.

꼿꼿이 허리를 펴고 걷는 걸음을 연습하다 잠시 옆으로 눈을 돌린 순간, 박장대소를 터뜨리게 하는 팻말 하나! '넘어가 세요', 누군가의 치기어린 장난이 내 웃음을 찾아주었다. 보호막대가 쳐진 곳에 붙여진 팻말에 낱자 두 개가 빠진 것이다. 낱자 두 개를 버리니 생기가 돋는다. 왼발 오른발 왼발 오른발 왼발 오른발…! 군사보호구역을 지나 알오름을 향한다. 한 시간도 채 안 돼 분화구 둘레를 다 돌았다. 거꾸로 도는 하루였다.

노란 길로 오세요

어쩌면 우주 만물은 서로에게 스며들면서 끊임없이 짝짓기를 하고 있는 것인지도 모른다. 살고자 함, 자신의 존재를 그렇게 연명하고자 함이다. 자귀나무에 매미가 끈질지게 달라 붙어 달콤함을 빨아먹고 있다.

바다를 건너는 일은 급작스럽게 이루어졌다. 간밤에 영화 '하녀'를 보고 나서 가슴으로 치미는 불길이 있었다. 눈으로라도 바다에 풍덩 빠져서 그 불길을 식히지 않으면 누군가에 불똥이 튈 게 빤한 일이다. '하녀'의 복수극은 타버린 뼈마디가 처연하고 슬펐다. '하녀'가 '화녀'가 된 건 잘한 일일까 못한 일일까 따지는 건 흥부가 아이를 많이 낳은 건 잘한 일일까 못한 일일까를 따지는 거나 마찬가지다. 화녀가 된 하녀가 내 눈 똑바로 쳐다보면서 느닷없는 물음을 던졌다. 너는 누구의, 무엇의 하녀냐고. "글쎄요…."라고 말끝을 흐리다간 내 목을 칠 기세다. 확 불질러버릴 눈빛이다. 궁색한 변명보다 일단 줄행랑을 선택했다.

뱃길은 남의 심사에 영향을 받지 않는 듯 의외로 순하고 부드러웠다. 오히려 뱃길에 나의 심사가 영향을 받은 듯 울렁거렸다. 그것은 나의 감정과 몸 섞지 않으려는 완강한 저항의 근력 때문에 생긴 울렁증이다. 연거푸 마셔댔던 커피액이 이리 흐르고 저리 흐르다 저들끼리 분란이다. 우아하게 스며들지 못한 것에 대한 앙갚음일 것이다. 1대1의 비율로 정확히 섞이지 못한 오차로 인해 어느 하나가 코끝까지 불쑥 튀어 나와 자신을 증명하고 물러선다. '쿠욱' 하고 비린내가 나는 걸 보면 프림의 성분이 분명하다. 남의 심사를 뒤틀려 놓는 게 기름기 묻은 것들의 독특한 심보다.

여름의 끝자락에 접어든 우도의 매미울음소리는 소금을 갈아 뿌린 것처럼 짭짜름하면서도 칼칼하였다. 1시 47분, 해의 중심이 서쪽으로 약 15도 각도로 기울어진 상태다. 그 열기는 극에 달하면서도 구름의 심사를 건드리지 않으려는 듯 안으로 숨을 들이마신 상태다. 바다와 하늘이, 하녀와 내가 완벽히 동일시를 경험하는 순간이다. 어쩌면 우주 만물은 서로에게 스며들면서 끊임없이 짝짓기를 하고 있는 것인지도 모른다. 살고자 함, 자신의 존재를 그렇게 연명하고자 함이다. 자귀나무에 매미가 끈질지게 달라 붙어 달콤함을 빨아먹고 있다.

길은 적당히 외로웠다. 오른쪽으로 돌담을 끼고, 왼쪽으로는 바다를 끼고 도는데 서로의 사생활을 침범하지 않을 만큼 가려진 길의 이마가 가끔은 울렁거렸다. 해안의 중앙선은 파란색이 칠해졌다. 바다를 중앙선인양 겨드랑이에 끼고 돌아도 된다는 뜻일까? 바윗돌 위에 붙여진 노란 딱지가 '귀미테'를 떠올리게 한다. '그래도 방심은 금물이에요'라며 찻길을 마음대로 오가는 나를 보며 노란 신호를 보내준다. 하염없이 행렬을 이룬 '귀미테'를 보니 오히려 울렁증이 도진다. 노란 딱지 붙은 해안선을 한참 도니 한 무더기 마을이 오손도손 그물망을 다듬고 있다. 돌담은 아이 키만큼 적당히 높아 제삿밥 나눠줄 만큼 정겨웠고, 집집마다 내건 태극기가 소금기에 절어 풀풀거렸다. 이제 갓 걸려진 듯 감나무에 매어둔 올레길 리본만이 간들거렸다.

일정한 간격의 전봇대 사이로 파란색, 초록색, 주황색 등등 각각의 지붕들은 자기 색깔로 하늘을 떠받들고 있었다. 돌담으로 적당히 가려졌던 집안의 내력들도 멀리서 보니 창문 틈새로 환히 들여다보이는 듯 선명하다. 돌담 위에 널브러진 태왁과 그물망, 골괭이가 정겹다. 나이 든 해녀의 집인지 빨랫줄에 고쟁이 속곳이 널려 있다. 가까운 바다에 들 때는 고무로 된 해녀복보다는 고쟁이 속곳 하나만으로 충분하지 싶다. 다들 물 안에 들었는지 사람소리가 들리지 않는다.

어디 빈 집 하나 있으면 나도 저들처럼 풍경이 되고 싶다. 아니 그냥 풍경으로만 머물지 말고, 배 시간 맞춰 사람을 기다렸다가 "파란 선을 따라 노란 길로 돌아가세요."하고 안내하고 싶다. 그리고 밤이 되면 우연히 집에 든 손님과 천 개의 마음을 가진 밤과 별, 여자의 질투에 대해 얘기하고 싶다. 그러다 남은 말들을 곰삭여 천 개의 입을 가진 시를 쓰고 싶다면 욕심일까? 그러기 위해선 삶을 살아야 한다. 내 손과 발로 쓰는 삶을 살아야 한다. 누구의 하녀도 되지 말고, 그 무엇의 노예도 되지 말며.

내 욕망의 밀리미터

봉숭아물이라는 실체로서의 열정이 사그라들고 나면 내 영혼은 한층 순수해지기를 바라고 있는 것이다. 첫사랑으로 상징되는 순수영혼의 나를 회복하기 위한 제의식은 이렇듯 야단스럽다.

때가 되었다. 새벽에 눈이 번쩍 뜨이면서 봉숭아 꽃잎을 따러 가야겠다고 마음먹었다. 별 것을 다 마음먹는다. 그런데 봉숭아 꽃잎은 어디 가서 따지? 오며가며 많이 본 것 같은데 막상 찾으려니 생각이 나질 않았다. 작년엔 어디서 땄더라? 연례행사인데도 아직도 나는 봉숭아 꽃잎을 찾아 헤맨다. 아, 거기!

작년에 땄던 그곳에 봉숭아꽃이 있을지 모른다. 아라동

지나, 월평, 월평 지나 영평으로 가는 길가에 한 무더기의 봉숭아꽃을 발견하였다. 남들이 보면 뭐라고 할까봐 얼른 검은 비닐에 봉숭아 꽃잎을 따서 담는다. 잎사귀가 더 효력이 있다고 하는 말을 들은 적 있어 잎사귀도 주섬주섬 뜯어서 담는다. 지나는 차 말고는 보는 이는 없었다. 이만 하면 됐다 싶어 얼른 차에 오른다.

약국에 들러 백반을 사고 얼른 집으로 돌아왔다. 절구통과 랩, 백반까지 준비됐으나 어떻게 해야하는지 생각이 나질 않는다. 거, 참 작년에도 이랬는데…. 허 선생에게 전화를 했다. "봉숭아물 어떻게 들여?" 다짜고짜 묻는 말에 허 선생은 짐작이 갔는지 더 이상 묻지도 않고 꺼이꺼이 웃었다. "잘해보슈~!"

허선생이 일러주는 대로 봉숭아꽃과 잎을 짓이기고, 백반에 섞어서 손톱 위에 살짝 얹힌 후 랩으로 친친 감고선 늦은 밤까지 기다리기로 했다. 그런데 아뿔싸! 그만 잠이 들고만 것이다. 마치 간을 파먹은 손처럼 열손가락이 붉은빛으로 낭자했다. 사진을 찍어 경민이에게 문자를 보냈더니 "간 파먹었냐?"는 놀려먹는 답문이 돌아왔다.

이제 새끼손가락의 봉숭아물은 1.5mm가량 남았다. 손톱도 웬만하면 깎지 않으려 애쓰고 있다. 설거지를 할 때도, 양말을 비벼 빨 때도 되도록 손가락이 걸리지 않도록 조심한다. 누가 보면 꼴사납다고 콧방귀를 뀔 일이지만 나는 꽤나 심각하다. 첫눈이 올 때까진 내 손톱을 지켜야 하기 때문이다.

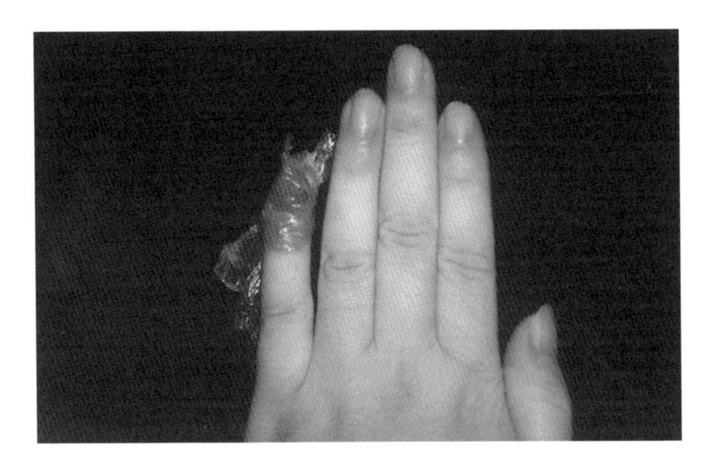

이제껏 눈치로는 첫눈은 12월 초순에 내렸다. 얼마 전 한라산에 첫눈이 내렸다는 소식을 듣고 그것도 첫눈으로 간주할까 하다가 좀 더 기다려보기로 하였다. 첫눈의 기준이 무엇일까 궁금해서 인터넷을 뒤지고 물어도 봤지만 석연치 않은 답들 뿐이다. 기상청이 말하는 첫눈은 제주시와 서귀

포시, 고산, 성산 등 도내 4개 기상대에서 담당 관측자의 눈으로 확인된 것만을 공식적인 첫눈으로 간주한다는 것이다. 이런 얼어죽을!

첫눈이 무슨 대수겠는가. 다만, 나는 첫눈, 첫사랑 운운하면서 일종의 놀이를 하고 있는 셈이다. 이렇게라도 일상의 변화를 느끼고 싶은 것이다. 또한 사랑이 어떤 모습으로 다가올지는 아무도 모르는 일. 지금 내 발에 밟히는 낙엽으로든, 가끔 나의 뼈를 서걱거리게 하는 바람으로든, 어느 날 자고 일어났을 때 온누리 이불이 되어주는 함박눈으로든, 그 무엇이든 설레임 혹은 경이로움을 느낀다면 그게 사랑 아닌가.

어쩌면 나는 봉숭아물이 지는 것을 보면서 기다림을 배우고 있는 중이다. 봉숭아꽃에서 흘러나온 붉은 물이 온기를 만나 사랑으로 피어났다면, 그것이 지고나면 무엇이 찾아오는 것인지 기다리고 있는 것이다. 봉숭아물이라는 실체로서의 열정이 사그라들고 나면 내 영혼은 한층 순수해지기를 바라고 있는 것이다. 첫사랑으로 상징되는 순수영혼의 나를 회복하기 위한 제의식은 이렇듯 야단스럽다.

이건 막둥이꺼

감나무에 감 하나, 여린 가지 끝에 붙어서 탱탱하게 여물었다. 제일 예쁜 손녀에게 주려고 찬장 위에 높이높이 모셔둔 어머니 마음처럼 붉기만 하다.

어머니의 집 대문에는 녹슨 우체통이 하나 걸려 있다. 언젠가 저 우체통을 빨간 우체통으로 갈아드려야지 생각하곤 했다. 그런데 옆집 넓다란 대문에 빨간 우체통이 세워진 걸 보고 그만 두기로 했다. 남 따라하는 게 영 싫기도 하거니와 상대적으로 비교되는 게 싫었기 때문이다. 녹슨 우체통을 보니 마을 어귀에 낮은 벽돌 한 장 깔고 말 한마디 않고 앉아 있는 노인의 꾹 다문 입술이 생각난다. 노인의 입 속에서 나는 단내는 그리움의 질량만큼 눅눅할 것이다. 어머니의 입에서 나는 단내는 그래서 슬프다.

빈집 같은 집에 빨랫줄의 빨래만이 사람 든 집임을 알려준다. 어머니는 마당에 심어진 감나무와 전봇대 사이를 나일론 노끈으로 질끈 동여매어 빨랫줄을 만들었다. 담이 없는 집이라 바람이 자유롭게 넘나들어 아침 나절인데도 빨래가 다 말라간다. 아무도 없다는 걸 알면서도 오랜만에 들렀다. 조카들은 학교에 가고, 남동생은 물에 들고, 올케는 일터로 가고, 어머니는 남의 집 밭으로 갔을 것이다.

가을 햇살이 구름 속에서 숨을 고르는 사이 빨랫줄에 널려 있던 빨래들이 바싹 조여 가던 숨구멍을 잠시 내어놓고 있다. 하루가 다르게 불쑥불쑥 자라는 조카들처럼 일렬종대로 늘어선 빨래들도 아래 춤 위 춤이 한마디씩 늘어나고 있다. 잎 다 떨어진 감나무가 제 몸을 부지런히 흔들어대며 아이들 윗도리며 바지춤을 건들거리고 있다. 뒤늦게야 추석빔 한 벌 사주지 못한 미안함을 상계하려는 할머니 마음 같다.

저 감나무에 동여맨 빨랫줄이야말로 어머니의 허리춤을 닮았다. 사시사철 허리 구부리지 않은 날이 없다. 마치 제

허리에 아들, 며느리, 손자 목숨이 달려 있는 것처럼 한시도 쉬지 않고 허리를 놀린다. 이제 그만 해도 되지 않겠느냐는 딸들의 말엔 콧방귀도 안뀐다. "존둥이 끊어지지 안행되는 살림이 어디 이서?"라는 일침으로 일체의 무책임한 발언을 허락지 않는다. 당신 몸 끊어지지 않을 때까진 '오몽'하며 살 거라는 어머니의 고집은 사실 자식의 무능력에 대한 저항이다.

물먹은 빨랫감을 너무 많이 거느린 날은 빨랫줄이 한 뼘 아래로 축 늘어진다. 그러면 다시 감나무와 전봇대 사이를 잇고 있는 나일론 끈을 풀어서 질끈 동여매야 한다. 어머니도 비오는 날이면 으레껏 허리주사를 맞는다고 병원으로 향한다. 칠십 평생 움직였으니 어디 성한 데가 있겠는가. 주사 맞고 온 날은 힘이 난다고 더욱 노동의 강도가 심해지니 설상가상이다. 그러면 다시 끈 풀리듯이 허리가 오그라들고, 다시 주사 한 대 맞고…. 이게 보통 문제가 아니라는 걸 알면서도 나 또한 손 쓸 재간이 없어 안절부절이니 하루하루가 '숭신 숭시'다.

감나무에 감 하나, 여린 가지 끝에 붙어서 탱탱하게 여물었다. 제일 예쁜 손녀에게 주려고 찬장 위에 높이높이 모셔둔 어머니 마음처럼 붉기만 하다. 언젠가 늦은 밤에 잠이 안 온다고 한숨만 푸우푸 쉬다가 "저 감은 타당 막둥이 감옷해주젠 해신디…우트레 못 올라간…다 익어불어신게." 하며 혼잣말을 하시던 어머니. 저 감은 아무도 따먹지 말았으면…. 이름표 하나 달아둬야겠다. 이건 막둥이꺼!

경계에 서서

그들에겐 제 철이란 게 없다. 마치 인내의 대명사처럼 불리는 민들레, 그도 할 말이 참 많을 듯하다. 사시사철, 일 년 삼백육십오일 같은 빛깔로 살아야 하는 게 쉬운 일인가.

달력을 보니 아직도 여름이다. 달력 네 장을 유감없이 북 찢고 나니 어떤 불분명한 감정이 나를 붙잡는다. 건너 뛴 하루가, 한 주가, 한 달이, 한 계절이 자꾸만 꺼림칙하다. 또박또박 걸어가겠다던 다짐들은 언제나 나를 앞질러 배반하고 도망갔다. 이제 마지막 한 장 남은 달력을 보면서 '진짜로 12월이구나'하고 되뇌어본다. 손톱 끝의 봉숭아물도 1mm 정도는 남았는데…'마지막'이라는 단어 앞에서는 으레 초조해진다.

평균 80km 이상을 질주하던 삶에 이 시간만큼은 브레이크를 걸어본다. 나는 그동안 '매일'에 사로잡혀 있었다. 하루 동안 보아야 하는 잡글, 만나야 할 사람, 해야 할 말들, 첨부해야 하는 서류, 그리고 달려가야 할 곳들, 그리고 돌아와 챙겨야 하는 일 등. 국영수과사가체…하루에 배워야 할 과목이 이렇게 많은 우리 아이처럼 나도 배워야 할 삶이 이렇게 많았다는 뜻인가?

반사경 앞에 섰다. 방금 내가 지나치려했던 풍경을 되돌

린 것이다. 중앙선을 침범하며 커브를 급하게 틀다 속도를 줄이고 뒤로 주춤주춤 물러서 본다. 그리고 반사경에 비친 바다와 하늘, 얌전히 밀려오는 파도를 본다. 늘 그대로인 것 같으면서도 똑같은 말을 반복하지 않는 저들이다. 나는 매일이 동어반복인데….

저기, 돌담이다. 돌담을 경계로 앞으로는 꽃과 풀, 소똥, 돌멩이, 병뚜껑, 뒤로는 밭, 물탱크, 전봇대, 작은 돌담, 하늘이 보인다. 경계를 짓고 있는 건 돌담이라 하지만 사실 돌담은 안과 밖을 이어주는 이음줄이다. 바람과 파도를 막아주면서 서로의 존재를 더욱 선명히 살아나게 하는 것이 돌담인 것이다. 돌들 하나하나가 자신의 어깨를 내어주지 않으면 돌담은 허물어지고 만다. 시작과 끝을 매듭짓고, 안과 밖을 이어주면서 존재들을 안전하게 살려내는 것이 돌담의 숙명인 것이다.

돌담 앞에 민들레가 철모르고 여전히 피었다. 그들에겐 제 철이란 게 없다. 마치 인내의 대명사처럼 불리는 민들레, 그도 할 말이 참 많을 듯하다. 사시사철, 일 년 삼백육십오 일 같은 빛깔로 살아야 하는 게 쉬운 일인가. 어느 바람이 저들을 이곳으로 불러들였을까. 요즘은 그 개체수가 늘어서 일부러 인부를 데려서 뿌리 뽑기에 나섰다고 하는데 말이다. 그들에게도 사정바람이 목전이다. 일정 개체 수만이 유효한 생태계의 본질 운운하지 않더라도 모든 생명 있는 것들은 어느 것 하나 안전하지 않다.

12월은 평가의 계절이다. 내가 한 해 동안 쏟아냈던 모든 것들이 서류 한 장으로 평가되고, 다음해 나의 운명도 결정된다. 운명이랄 것도 없다. 그냥 밥줄이다. 이럴 줄 알았으면 사람 좋은 척 미소도 더욱 많이 흘려놓을 걸. 그렇다고 후회가 막심할 정도는 아니다. 아직도 난 슬프고, 세상 이해하지 못하는 일이 많으니까. 아닌 것은 아니니까. 평가 앞에선 거짓말이 이길 확률이 높다는 걸 안다. 그래서 이길 승산이 없다는 것도. 그렇다고 죽을 일도 아니다. 민들레도 저리 시도 때도 없이 피지 않았는가. 쓰다달다 당당하게 말하면서 나도 시도때도 없이 피고 질 것이다.

갈매기의 은유

사람들은 말한다. “너답게 살라.”고. 맞는 말 같아 고개를 끄덕이다가도 울컥 치미는 저항감이 있다. “난 뭐 나답게 안 살고 싶은 줄 아냐고! 넌 나처럼 살아봤어?”라고 입에 게거품 물고 들러붙고 싶은 걸 꾹 참는다.

한 무리의 괭이갈매기들이 도로를 점령하였다. 시국이 시국인 만큼 그들도 손 놓고 있을 수는 없었던 모양이다. 맨 앞에서 대장 갈매기들이 현시국의 난제들을 부리부리한 눈빛으로 성토하고 있다. 대열을 정비한 갈매기들은 대장의 눈빛을 응시하거나 하늘을 올려다보며 잠시 상념에 젖었다. 물론 개중에는 동료의 뒷머리에 눈을 박은 채 아무 생각이 없는 녀석도 있고, 이 와중에도 옆 동료의 일거수일투족을 살피면서 호시탐탐 먹이를 노리는 녀석도 있다.

항구가 생기면서 갈매기들에게도 먹이를 쉽게 구할 수 있는 길이 생겼다. 몸소 부리를 바닷물에 쳐 박지 않아도 돌아오는 배 시간을 감각적으로 잘 익혀두면 거저먹는 일도 있다는 것을 갈매기들은 이미 알고 있다. 배 시간에 맞춰 사람보다 먼저 항구에 도착해 있는 이들이 갈매기들이다.

"끼룩끼룩끼룩",

"괘앵괘앵괘앵"

뱃머리가 300미터 전방에 보이기 시작하면 갈매기들은 일제히 신호음을 보내면서 세를 과시한다. 저마다의 울음들은 아직도 살아있음을, 살고자 함을 드러내는 실존의 소리다. 대장 갈매기의 선두 지휘 아래 가시권 안과 밖을 맴돌면서 누가 먼저 뱃머리를 점령할 것인가를 호령하거나 부추기는 듯 날갯짓에 사뭇 긴장감이 맴돈다. 좌우로 사붓대던 날갯짓이 한쪽에 더욱 무게를 둔 기색이 역력하다. 본능적 살기의 맴돎이다.

"부아앙" 거친 물살을 가르며 배가 도착한다. 배를 기다리던 아낙들의 손사래에 깃발이 펄럭이며 응답한다. 배가 선착하기도 전에 어디선가 물고기를 낚아챈 갈매기 한 마리가 유유히 하늘은 난다. 선원들이 미리 수습하기도 전에 그물코를 살짝 비집고 들어가 순식간에 한 마리를 낚아챈 녀석은 뒤도 돌아보지 않고 냅다 먹어치우기에 바쁘다. 선원들이 잡아온 고기떼를 풀기 시작하면서부터는 그야말로 '비열한 거리'의 사투가 벌어진다. "네가 죽어야 내가 산다." 누가 더 빨리 떨어진 물고기를 낚아채는가, 먹을 것을 앞에 두고는 모두가 적이다. 그게 어디 갈매기들만의 문제인가.

갈매기 세계에서도 언제부턴가 앉은 자리에서 빌어먹으려고 하는 몸쓸 병이 도는 것 같다. 디룩디룩 살찐 갈매기들이 매일 선창가에서 어슬렁거린다. 거리의 새들은 하릴없이 항구 주변을 어슬렁거리거나 쓰레기통 주변에 고양이들과 동거동락하고 있다. 조만간 애완갈매기가 생길지도 모르겠다. 사진을 찍는 사람들에게 갈매기는 좋은 모델이다. 그들에게 갈매기는 일정의 은유이며, 허위의식이다. '새'와 '비상'은 동일어로 관념화됐기 때문이다.

갈매기 하면, 자꾸 '갈매기 조나단'이 생각나서 관념의 더께를 벗어날 수가 없다. 일기장의 면지 혹은 책갈피에 늘 등

장하는 문구가 "더 높이 나는 새가 더 멀리 본다." 아니었던 가. 무슨 의미인지 헤아리기도 전에 왠지 멋있는 말인 것만 같아 일기장을 새로 살 때마다 맨 앞에 적어두곤 했다. 아마 "공부 열심히 해야 잘 산다." 뭐 이런 뜻으로 이해한 것 같다. 나이가 들어 다시 『갈매기의 꿈』을 읽으니 한숨이 절로 난다. "높이 나는 새가 멀리 본다"는 그런 뜻이 아니었다. 자아의 본질에 다다르기까지 끊임없이 자기를 갱신하라는 뜻이었다

사람들은 말한다. "너답게 살라."고. 맞는 말 같아 고개를 끄덕이다가도 울컥 치미는 저항감이 있다. "난 뭐 나답게 안 살고 싶은 줄 아냐고! 넌 나처럼 살아봤어?"라고 입에 게거품 물고 들러붙고 싶은 걸 꾹 참는다. 또 누군가는 "긍정적으로 생각하세요. 있는 그대로 받아들이는 게 건강에 좋아요."라고 말한다. 주둥이를 확 밀어버리고 싶다. 이만하면 나도 올 때까지 온 것이다. 거침없는 입담을 안주 삼을 날이 다가오고 있다.

어둠의 꽃

어딘가에 있을 것만 같은 아련한 그리움의 형체, 그 길을 따라 걷다 밤을 꼬박 새고 마는 이, 가도 가도 끝이 없는 어둠을 온몸으로 끌어안고 스스로 빛이 되고자 하는 이, 그가 시인이 아니고 또 누구이겠는가. 아, 시인이여! 어둠의 친구여, 어둠의 뼈를 곱씹어 피로 쓰는 꽃이여!

진종일 흐린 잿빛으로 가라앉아 있던 하늘은 오후에 들면서 시름을 걷어내고 접은 갈피를 환하게 펼쳐내고 있다. 쪽빛 순하게 풀어놓은 듯 하늘에 구름 몇 점 바람을 따라 흩어지고, 바람은 산의 정수리를 쓰다듬으며 호수의 수면에 내려와 부딪힌다. 짜릿한 전율이 순식간에 호수의 발가락 끝까지 가닿는다. 물은 금세 쭈뼛쭈뼛 물비늘을 세운 채 놀란 가슴 잠재우려 하고 있으나 바람의 입맞춤은 이미 물의 심장을 흔들어놓고 말았다.

저물녘에 들어서면서 호수는 산 그림자를 조금씩 멀리 드리우고 숨을 깊게 들이마시고 있다. 산의 숨소리가 깊어질 때마다 수면에 물이랑이 여리게 흔들리고, 오리 떼들이 물이랑을 타고 논다. 이 끝 저 끝으로 흩어져 놀던 물오리 한 쌍의 움직임이 갑작스레 빨라졌다. 마치 노를 저어 산을 향해 나아가는 작은 배처럼 끊임없이 깃을 저으며 대각선 방향의 산을 향해 나아가고 있다. 물이랑이 깊이 패이는 것으로 보아 그들의 행보는 부쩍 숨이 가파르다.

한참을 서둘러가던 물오리가 물 속으로 잽싸게 숨는다. 수면 위로 올라온 녀석이 몸을 부르르 떤다. 물고기 한 마리를 낚아챈 모양이다. 어떻게들 알았는지 순식간에 사방에서 오리들이 몰려온다. 순식간에 벌어진 아귀다툼에서 물고기를 낚아챈 것은 새들이다. 아연실색한 오리들이 다시 흩어진다. 흩어진 오리들은 물 아래 몸을 숨긴 채 머리만 빼꼼히 내놓으니 마치 소라껍데기들이 물결 위에 흩어진 모양새다. 꿈틀꿈틀 하늘의 추이를 살피는 그들의 몸짓에는 오랫동안 한 곳에 머물러온 텃새들이 갖는 배타의 본능이 서려 있다.

그야말로 "추물락!"이 몸에 밴 셈이다.

빨간 다리를 가진 장다리물떼새가 푸드득 날아오르면 오리들은 순식간에 어디론가 몸을 숨긴다. 나는 자를 당해낼 재간이 없는 거다. 그렇게 한철을 풍미하던 장다리물떼새도 요즘은 통 보이지 않는다. 따뜻한 곳을 향해 날아간 것이다. 그들이 사라진 틈새를 찾아 오리들은 한철 양식을 충분히 저장해두어야 한다. 요즘이 성수기라 할 수 있는데 낚시꾼이 많아지면서 별 재미가 없을 터이다. 되는 대로 먹이를 노릴 수밖에 없게 된 것이다. 사람 세상이나 물고기 세상이

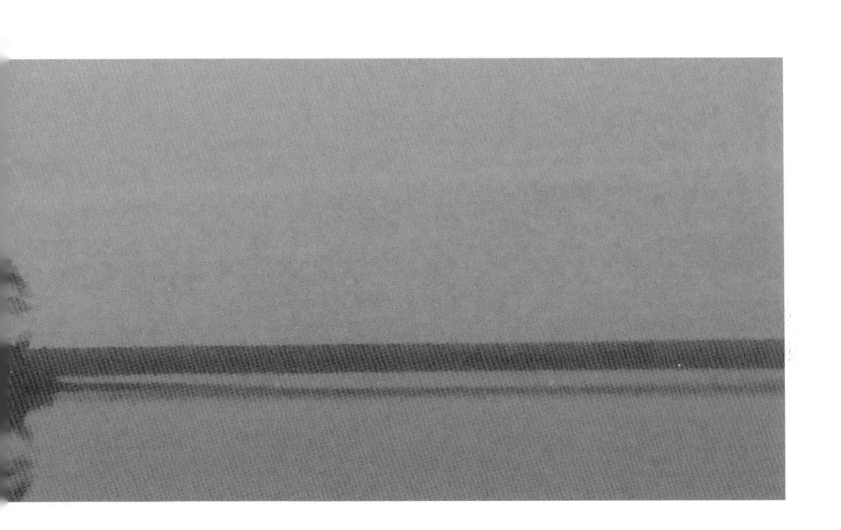

나 어렵긴 매한가지다.

먹을 오래 간 호수처럼 밤이 이슥해졌다. 어디선가 불빛이 하나둘씩 솟아오르더니 물 아래로 발을 내리고 있다. 호수는 불빛을 깊게 빨아들여 거대한 등대를 거꾸로 세워놓고 있다. 누군가 저 불빛을 따라 몽유의 걸음을 떼는 자 있으리라. 어딘가에 있을 것만 같은 아련한 그리움의 형체, 그 길을 따라 걷다 밤을 꼬박 새고 마는 이, 가도 가도 끝이 없는 어둠을 온몸으로 끌어안고 스스로 빛이 되고자 하는 이, 그가 시인이 아니고 또 누구이겠는가. 아, 시인이여! 어둠의 친구여, 어둠의 뼈를 곱씹어 피로 쓰는 꽃이여!

저 멀리 바지랑대가 손을 흔드는가 싶더니 달이 어느새 산 허리께로 올라와 있다. 달의 출현에 가만 숨을 고르던 억새가 나의 기침 소리에 심하게 흔들린다. 핑계 삼아 나도 옷깃을 여민다. 이런 날 '효원'은 아홉 번 흡월吸月하여 아들 철재를 낳았다더라. 그렇다면 나도…흐으으읍, 흐으으읍, 흐으으읍…. . 동짓날 밤이 길긴 길다!

하도리에 부는 바람

갈대의 품 안에서 오늘도 수많은 사랑이 피어나고 있을 것이다. 갈대가 흔들릴 때 우우 나는 소리는 갈 때가 다 되어간다는 의미이다. 마디를 뚝 잘라 숨을 불어넣으면 피리소리가 난다.

이곳저곳 가려워지는 입춘녘이다. 잠자던 세포들이 사방에서 꼼지락거린다. 마을 어귀로 들어서려다 수원지로 급하게 선회하는가 하면 어느 한나절은 곶자왈 숲에 들어 눈 속의 겨울딸기마냥 숨어보기도 하였다. 오늘의 발걸음은 하도로 향한다.

아버지 고향은 상도리, 철새도래지는 하도리. 시베리아 갈대 씨가 이곳 하도리까지 날아왔다. 민물과 바닷물이 넘나들며 균형을 이룬 이곳에 새들은 날갯짓을 잠시 내리고 흘러가는 물살에 몸을 맡겨 유유히 흐르고 있다. 가끔씩 물 아래 고개를 처박고 먹이를 낚아 오르는 모습이 솔직담백하니 귀엽다. 조그만 인기척에도 새들은 금세 날아오른다. 바람을 만난 갈대 잎이 심하게 흔들리면 새들도 갈대잎을 따라 흔들린다. 하나가 흔들리면 모두가 따라 흔들리는 동요, 갈대들이나 새들이나 사람이나 살고자 하는 것들은 다 똑같다.

집성촌을 이룬 새들의 은신처를 휘휘 두르고 있는 갈대밭, 제주에서는 종달리, 하도리 이 지경에서나 겨우 볼 수 있는 희귀한 풍경이다. 고향을 떠나온 자만이 고향을 안다고 했던가. 갈대들은 연신 손을 내저으며 금역禁域을 탐색하러 온 나그네를 따돌리고 있다. 갈대 잎이 하얗게 흔들리면 일제히 새들은 날갯짓을 가다듬는다.

유독 소리에 민감한 것은 유목의 피를 나눈 것들의 공통점이다. 나도 소리에 민감하다. 멀리 '퐁낭거리'에서 들려오는 동네 사람들의 소근대는 소리가 인기척에 놀라는 새의 귀 마냥 예민했었다. 동네에서 '술광질다리'로 통하던 아버지를 사람들은 퐁낭거리에서 잘근잘근 씹어 심심풀이 삼았다. 누군가에겐 심심풀이가 또 누군가에겐 가슴에 대못이 된다는 걸 그때 알았다.

아버지 생각을 하니 스산해졌다. 풀섶을 젖히고 새들 가까이 가서 '훠이' 하고 소리를 내질러본다. 새들은 순식간에 소나무 숲을 멀리멀리 돌아 휘휘 날더니 금세 원래의 자리로 돌아온다. 수면을 가득 메운 새들이 반쯤 물 아래 든 꼬막들처럼 누가 누구인지를 모르겠다. 이곳에 터를 잡은 새들은 노랑부리저어새, 황새, 백로, 청둥오리, 원앙, 저어새 등이라고 한다. 철새도래지에서 가장 흔히 보이는 것들은 오리들이다. 하지만 다 같은 오리가 아니다. 깃털이 붉은 것도 있고, 짙푸르거나 까만 것도 있다. 앞가슴이 허옇게 드러난 오리도 있다.

잔등이 다 뜯긴 갈대들이 북서쪽으로 연신 귀를 기울인 채 바람에 맞서고 있다. 반은 물속에 두고 반은 바람에 맡긴 수생식물의 겨울나기는 사생결단 앞에서도 유연하다. 갈대는 무더기로 자란다. 그러면서 타종을 은밀하게 보호한다. 갈대가 무성할 때 쯤 새들이 둥지를 트는 이유도 거기에 있다. 물결 지어 흔들리면서 새들을 불러 모아 품어준다. 갈대의 품 안에서 오늘도 수많은 사랑이 피어나고 있을 것이다. 갈대가 흔들릴 때 우우 나는 소리는 갈 때가 다 되어간다는 의미이다. 마디를 뚝 잘라 숨을 불어넣으면 피리소리가 난다. 틈이 있어야 생명 있는 소리를 낼 수 있다. 비어있는 만큼 고운 소리가 난다. 나의 글에 잡음이 많은 이유는 아직 비우지 못한 것들이 많기 때문이다.

"파르륵", 갈대숲에서 허연 신령이 불쑥 도포자락 휘날리며 하늘로 오르고 있다. 아마 백로인 듯 싶다. 갈대숲에서의 휴식을 접고 오리 무리가 있는 바위 위로 사뿐 내려앉는다. 저들끼리는 서로 동류의식을 느끼는지 백로의 움직임에는 아랑곳하지 않는다. 아마 이곳 도래지에서는 저 백로와 같은 새들이 촌장쯤은 되나보다. 가장 높은 데서 주변을 살피다가 어느 순간은 일필휘지로 날아올라 사방을 훈시한다. 어른이 있고 없음은 삶에 대한 애착과 안착을 결정짓는다. 그래서 매년 설이면 사람들은 뿌리를 찾아 귀소의례를 갖는 것이 아닐까. 태어난 자리, 그 품 안에 안기었을 때 비로소 협심증 앓던 가슴이 풀리면서 살아야할 이유를 찾게 되는 것이 아닐는지.

아버지 고향은 상도리, 철새도래지는 하도리, 나의 고향은 어디일까를 생각하는 1월의 마지막 날이다.

발자국이 발자국에게

목적은 늘 길 안에 나를 가두게 한다. 아무 대가를 바라지 않고 걷는 자유로운 걸음 속에 만나는 풍경이 오히려 편안하다. 여유가 있으니 모든 게 새롭다.

하늘 아래 산, 산 아래 나무, 나무 아래 그림자, 그림자 아래 나. 노루오름 가는 길은 해도 해도 끝이 없었다. 영실이와의 산행은 처음이었다. 그냥 걷기로 했다. 아무 목적도 없이. 목적은 늘 길 안에 나를 가두게 한다. 아무 대가를 바라지 않고 걷는 자유로운 걸음 속에 만나는 풍경이 오히려 편안하다. 여유가 있으니 모든 게 새롭다.

길 위에 드리워진 나무의 그림자가 염색 천을 길게 늘어뜨린 듯 하늘거린다. 하늘이 쪽빛 물감을 연하게 풀어 그림자를 물들이고 있다. 햇살은 눈길 위에 제 몸을 벼리고 있고, 바람은 간간이 드나들며 날 세운 햇살을 달래고 있다. 뭐든지 곱게 물이 들려면 자신을 낮추어 지긋이 스며들어야 함을 눈길 위의 그림자들이 내게 일러주고 있다. 또한 거칠게 내딛는 보폭에 반 박자 호흡을 늦추라고 한다. 그게 오래 걷는 길이라고.

앞선 발자국들을 보면서 앞서간 이의 호흡을 느낀다. 사뿐히 내려딛은 발자국, 뒤꿈치가 푹 들어간 발자국, 자동차 바퀴 자국 가까이 기대어 있는 발자국, 자국 자국마다 다른 호흡, 다른 무늬, 다른 결이 느껴진다. 각각은 서로의 발자국을 존중하며 적당한 간격을 유지하고 있다. 나도 그들의 발자국을 밟지 않으려고 호흡을 가다듬는다.

걷다보니 저기, 눈에 덮인 봉분 여럿 보인다. 설 연휴 끝이라 그런지 더욱 그 봉분들이 외로워 보인다. 아버지는 편안하실까. 설이라고 아들은 그 아비를 찾아갔을까. 생전에 웬수처럼 서로를 받아들이지 못한 아비와 아들, 이젠 서로에게 눈이 되어 말없이 서로를 껴안아주었으면…. 가고나니 더욱 선명해지는 존재들이다. 만질 수 없을 때라야 서로의 눈과 귀를 떠올리게 된다. 좀 더 많이 보고, 좀 더 많이 들을 걸….

실재를 더 잘 느끼려면 그의 그림자를 들여다볼 줄 알아야 한다. 나무도 자신의 존재를 더욱 선명하게 들여다보기 위해 눈밭 위에 누워 자신의 CT 필름을 쳐다보고 있다. 뿌리에 가까울수록 뼈마디가 굵고 핏기에 힘이 돈다. 어려울수록 뼈를 곧게 세우라는 뜻을 알겠다. 사방이 고요해서 발자국 하나 찍는 것마저 죄스럽기만 하다. 그토록 고요한 눈밭 아래 슬며시 귀를 대본다. 사방팔방에서 뿌리들의 거친 숨소리가 들린다. 얽히고설킨 지하 세계의 고군분투가 느껴진다. 더 멀리, 더 오래 뿌리내리기, 눈밭 아래 뿌리들은 촉수를 사방팔방으로 열어두고 양분을 빨아들이고 있다. 대대손손 뿌리 내리기 위해 나무는 햇빛의 양, 물과 거름의 양을 잘 조절해야 한다. 겨울은 그들에게 전쟁 같은 하루일 것이다. 오래 걷고 싶다면 반 박자 늦추면서.

오름의 초입에서 잠깐 쉬자고 했다. 산행에 익숙치않은 나로서는 지끔까지도 많이 걸어온 듯 싶다. 나는 몸만 덜렁

들고 왔는데 영실이는 커피, 김밥, 막걸리까지 챙겨왔다. 막걸리 한 잔 들이키며 "캬아~!" 하는 단발음. "온몸이 녹는 것 같다."는 말에 내 몸을 살핀다. 감각을 열어둔 자만이 느낄 수 있는 자유. 나는 오래동안 이 자유를 모르고 살았다.

나무들이 사방팔방으로 제 촉수를 열어두듯이 시인에게 필요한 건 그런 것일 게다. 감각을 사방으로 열어두었을 때 나무의 하품도, 새들의 기지개도, 꽃들의 정사도 심상찮게 들리지 않을까. 남의 말을 잘 듣는 사람을 보면 마음이 참 편안하다. 감각을 열어두었기 때문에 내가 그의 가슴으로 들어가 앉을 수 있는 것이다. 별 말이 없어도 편안한 사람이 있다. 그런 사람 앞에서는 나도 수다쟁이가 된다. 어리광도 절로 나오는 걸 보면, 유희는 곧 자유의 다른 이름인 것을.

막걸리 한 잔 들이키고 하늘을 올려다보니 하늘이 휘영청 나를 보쌈 할 태세다. 나무들도 질세라 그야말로 "할렐루야"다. 쉬고 나니 걸음이 비틀거린다. 쉬고 나면 기운이 솟을 것 같지만 오히려 무겁다. 그래서 K 시인은 오래 가려면 천천히, 끝까지 가라고 하셨나보다.

돌아오는 길은 가벼웠다. 아까 올라가던 내 발자국을 만나니 더욱 반가워 코를 맞추기도 하였다. "이제 올라가는구나. 나는 내려가고 있는데…." 아까의 발자국에게 지금의 발자국이 놀려먹듯 너스레를 떤다. 가진 자의 여유다.

남수각의 봄

광대나물은 들판이건 쓰레기통이건 아무데고 우숙우숙 피어난다. 천성이 광대인 모양이다. 의심하기 좋아하는 성안 사람들 지나가다 자꾸 곁눈질 하게 만드는 꽃이다.

그녀의 집이 '남수각'이라는 걸 어렴풋이 들은 것 같다. 아무리 취해도 늘 현대약국 앞에서만 내려달라고 했기에 난 그녀의 집이 어디인지 모른다. 남수각 일대를 걸으며 혹시 문패에 그녀의 이름 석 자가 있을까 눈여겨본다. 아니다. 그녀가 사는 집은 그녀의 집이 아니기에 그녀 이름이 문패에 찍힐 일은 없다. 그녀는 꽃을 좋아한다. 그녀의 옥상에는 별꽃도 피고, 광대나물도 피었다고 말한 적 있다. 그런

꽃을 일부러 키울 일은 없고, 그녀처럼 들꽃들도 세 들어 사는 게 아닐는지.

골목길은 사람 하나, 오토바이 한 대 겨우 지나다닐 만큼 좁고 가팔랐다. 좁은 골목을 따라 계단을 오르는데, 시멘트 벽 안에서 낮은 목소리가 들린다. 할머니 두어 분 화투 칠 기운도 없는지 두런두런 말벗이나 하고 있다.

날은 흐리고 간간히 빗방울 후둑이는데, 빨랫줄에 빨래는 조붓하고 차분하다. 빨랫줄에는 수면 양말 한 켤레, 빨간 내복 한 벌, 청바지 한 벌, 수건인지 행주인지 분간하기 어려운 면천 하나가 널려져 있다. 그래도 누가 이 겨울은 따습게 나라고 수면 양말 한 켤레 선물한 모양이다. 빨간내복을 보면 이 집에 든 이의 나이를 짐작할 수 있다. 저 청바지의 주인은 누구일까? 바짓단에 흰 실밥이 너덜너덜, 자연빈티지 패션이다. 빨리 봄이 오면 좋으련만.

동화 속에 나오는 초록 대문이다. 반쯤 헐린 대문 안이 궁금해진다. 빈 페트병 한 개, 한라산 소주병 두어 개, 찢긴 과자봉지, 비스듬히 누운 나무토막, 결이 갈라진 널빤지… 그리고 광대나물 숲. '기다리지 않아도 오고 기다림마저 잃었을 때에도' 온다던 이성부의 시, 「봄」이 이곳에 피어나고 있다.

광대나물은 들판이건 쓰레기통이건 아무데고 우숙우숙 피어난다. 천성이 광대인 모양이다. 의심하기 좋아하는 성안 사람들 지나가다 자꾸 곁눈질 하게 만드는 꽃이다. 개불알꽃, 별꽃 등 저보다 키 낮은 꽃들을 가랑이 사이사이 몰래 숨겨놓고, 양쪽 귀 흔들면서 "여기 아무도 없다"고 너스레 떠는 것만 같다.

저 멀리 제주성의 잘린 허리가 보인다. 멀리서 보면 내 키만 해 보이지만 실제로는 4m 가량 된다고 하니 성 아래 사람들에게는 한없이 아늑하였으리라. 어린 시절 들었던 '성안 사람들'이라는 말에는 어딘가 접근 불가능한 무시무시한 위력이 느껴졌다.

'궷드르'에 살 때, 성안 할머니라 불리는 분이 이사를 오셨다. 피부가 하얗고, 살짝 웃을 때 금니가 번쩍였다. 그래서 성안 사람들은 다 피부가 하얗고 금니를 할 만큼 부자들이라고 생각한 적 있다. 그 '성안'이 바로 '무근성'으로부터 이곳 남수각 일대를 말한다는 것은 최근에야 알았다. 남수각,

큰비 내릴 때마다 사람들은 짐을 싸들고 위로 위로 올라가다보니 이제는 더 이상 오갈데도 없는 동네.

남수각 다리 아래 아이들이 사방치기 하던 자국들이 보인다. 돌로 슥슥 그려놓은 사각의 방 안에는 작은 네모가 네 개, 세모가 네 개다. 어디서 주워 모았는지 제각각 크기의 돌들이 흩어져 있고, 낡은 운동화 한 짝, 다리 기둥 아래 버려져 있다. 푸른 천막 위에서 무 잎들이 시들시들 말라가고 있다. 다리 위 사람들이 거기 와서 누운 것처럼.

저기 계단으로 누군가 내려오고 있다. "또각 또각" 구두소리가 요란하다. 갓 미장원 갔다온 머리를 한 여자가 늦은 오후에 외출하는 모양이다. 그 사람의 눈빛에서 내가 아는 한 사람의 그림자가 겹친다.

달밤의 멍석

열사흘 달은 배란의 달이다. 뭔가 착상하기 좋은 달이란 뜻이다. 호시탐탐 착상을 위해 안달이 난 시인들이 열사흘 달에 목을 매는 이유도 거기에 있지 않을까. 조금 비어있을 때 무언가 들어앉을 수 있기 때문이다.

멀리서 보면 달도 별처럼 보이고, 별도 달처럼 보인다. 열사흘 달의 모습을 10배속으로 달을 끌어당기니 한 귀퉁이가 살짝 베어진 게 알토란 같다. 달은 차오르고 있는 것인지 비워내고 있는 것인지. 어느 순간, 헛갈린다. 보름달이 지향점이라면 열나흘 차올라 보름달이 되었다가 보름달에서 다시 열나흘 으스러졌다가 다시 초하루부터 차오른다는 게 맞는 말이겠다. 그렇다면 보름달은 꽉 찬 달인가. 조금 으스러진 달인가. 움직이는 모든 것은 연속의 과정에 있는 것이라면 차오름도 으스러짐도 경계에서 하나다.

여성의 생리주기를 '월경' 또는 '달거리'라 한다. 달의 이울고 차오름의 주기도 28일, 여성의 생리 주기도 28일. 참 신비로울 따름이다. 달거리를 수십 년 체험하다보면 달이 이우는 고통을 안다. 달이 차올랐다 이울기 시작하면, 온몸에서 살풀이가 진행된다. 처음에는 미열이 생기다 생명이 되려던 것들이 으스러져가면서 온몸이 부풀어 오르기 시작한다. 손과 발, 얼굴과 가슴, 전 부위가 퉁퉁 부어오른다. 때로는 구역질이 나기도 하고, 현기증이 인다. 좀 더 남아 있으려는 것과 떼어내려는 것 사이에 사투가 벌어지면 자궁은 전쟁터를 방불케한다. 자궁 내에서 지각변동이 활발하게 펼쳐지면서 살점 속에서 얼마간 들러붙어 생을 연명하려던 것들이 하나둘씩 떨어져나간다.

어느 순간 식은땀이 흐르는 것은 방금 살점 속에서 생명이 되려던 것들이 찢기어 나갔다는 증거다. 새벽녘에 잠시 보였다가 얼마 안 있어 날이 밝아지면 하늘 속으로 사라지는 그믐달처럼 내 몸의 달이 이우는 것도 쥐도새도 모르게 일어난다. 예민한 감각을 가진 자만이 알 수 있으려나. 달거리에 예민한 나로서는 한달에 열흘 정도는 그야말로 죽을 맛이다. 아무에게 말도 못하고 나만이 지켜내야 할 달의 차고 이우는 난투.

열사흘 달은 배란의 달이다. 뭔가 착상하기 좋은 달이란 뜻이다. 호시탐탐 착상을 위해 안달이 난 시인들이 열사흘 달에 목을 매는 이유도 거기에 있지 않을까. 조금 비어있을 때 무언가 들어앉을 수 있기 때문이다. 달처럼 시인들로부터 오랫동안 사랑받아온 소재도 없다. 그것은 생의 변화주기를 가시화해주기 때문이 아닐까. 까만 도화지 위에 가장 간단한 도형으로 생명의 변화를 그려낸다. 손톱자국인 듯, 젖멍울인 듯, 정수리 끝 부스럼인 듯.

어떤 기하학적 무늬에 대한 변명

패잔병 수용소 같은 연하지에 봄을 가져온 건 단연 버드나무다. 자청비의 치맛자락 같은 버드나무 잎이 보송보송한 새 잎으로 수면을 간지럽히고 있다.

봄의 난지도가 따로 없다. 봄옷으로 갈아입고 떠난 겨울의 잔상들이 기하학적 무늬로 형상화된 연하지 풍경이다. 며느리에게나 준다는 봄 햇살, 그 신경증이 연못 위로 잘게 잘게 부서지면서 바람의 뒷심도 유약해지고 있다. 꽃샘추위도 오늘내일하면서 누리의 이맛살을 베고 돌아서는데 모래톱처럼 가위눌린 물결이 이리 흐르고 저리 흐르면서 까맣게 타들어간 연밥들을 들깨우고 있다.

29개의 탄알 자국 선명한 연밥, 저 속에 연꽃의 씨앗이 자라고 있다니. 연밥들은 벌집을 닮았다. 벌집과 유사한 구조를 보면 왠지 헤집어보고 싶다. 마치 만다라 문양 같기도 하고, 무너진 신전을 축소시킨 모형 같기도 하다. 있는 그대로 예술이다.

세상사를 도형으로 나타내면 저러할까. 사람의 내면도 저러할까. 가지각색의 기하학적 무늬를 지닌 채 작은 바람에도 이리 흔들리고 저리 흔들리고. 무늬들은 간혹 소금쟁이의 움직임에도 움칫 놀란다. 곧은 것 같이 보여도 수면 아래로 제 모습을 비추어보면 하나같이 굴곡진 잔영들이다. 대못처럼 구부러질 것 같지 않은 이도 물이 비춰주는 그림자는 그의 내면을 발설하고 만다. 나도 저처럼 머리 하나 빼꼼히 수면 위로 올려놓은 채 복닥거리면서 겨우 버티고 있다.

삶에는 지지대보다 도리깨질이 더 많다. 어떤 것은 목뼈가 부러졌고, 또 어떤 것은 다리 하나를 잃은 채 목발을 짚고 있으니 오히려 서로의 형상으로부터 위로받고 있다고나 할까. 제 아무리 온전하다 하여도 그 그림자를 들여다보면 하나같이 애잔하다. 그러니, "홀로 아프다고 한밤을 혹독하게 다스리지 말자."고 스스로에게 주문을 걸어본다.

고꾸라진 형상이든 위로 쳐든 형상이든 내 안에 연밥을 지니고 있는지가 중요하다. 누구든 진흙 속에 뿌리를 박고 있다. 홀로 청정한 이는 아무도 없거니와 설사 그러고 있다면 그처럼 복스러운 황폐함이 또 어디 있으랴. 살고자 끊임없이 내뿜는 에너지원들이 삼투압 작용을 하면서 삶은 이어지고 있는 게 아닐까.

물 아래를 보니 언덕 위의 버드나무가 위태롭다. 전봇대도 기우뚱하다. 물 속에 제 몸을 담그니 버드나무에게도 봄이 성큼 왔음이 선명해진다. 패잔병 수용소 같은 연하지에 봄을 가져온 건 단연 버드나무다. 자청비의 치맛자락 같은 버드나무 잎이 보송보송한 새 잎으로 수면을 간지럽히고 있다. 버드나무 잎을 물 가까이 갖다 대니 "까르르…" 갈색의 웃음이 번진다. 사방이 물방개 천지다.

'처렴상정處染常淨', 자주 듣던 불법의 사자성어이다. "더러운 환경에 살지만 환경에 물들지 않는 삶"을 강조할 때 흔히 이 말을 인용한다. 그게 어디 쉬운 일인가. 사방이 시궁창인데 나 홀로 독야청청 한다는 게. 차라리 온전히 물들어

라. 그리고 끊임없이 쇄신하라는 뜻으로 해석하면 어떨까. 한 세계 안에 갇혀 있으면서도 제 몸과 마음을 닦는 일 게을리 하지 않으면, 실한 씨앗 하나 뿌리 깊게 내리지 않을는지. 감히 연꽃을 피우겠다고는 말하지 말자. 그냥 이 순간은 나도 저들처럼 기하학적무늬로 좌정하고 있을 따름이다.

봄날 따라 꽃들도 가고

결연은 순수로부터 나오는 것. 이미 사족이 돼버린 옷을 벗고, 구두를 하수구창에 끼워두고, 도수 높은 안경도 벗어던질 수 있다면…. 그제서야 나는 자유로울 수 있으리.

이 봄날에 멀쩡하게 앞만 보고 거리를 걸을 수 있다면 그 사람 상종 못할 일이다. 나를 데리고 다니는 늙은 고양이가 잠시 파업을 선언하지 않았다면 나도 그 상종 못할 사람에 속했을 것이다. 직진 행 코스를, 그것도 가장 빠른 길로만 다니느라 봄날의 아득한 외침을 듣지 못했으리라. 누구 말마따나 이 봄날, 환장하겠네.

열 폭 연분홍 치맛단이 마지막 박음질에 들어갔다. 억센

벚나무 가지가 저들끼리 어깨 걸고 "푸우푸" 더운 김을 뿌린다. "양끝을 잘 잡아야 혀. 내가 한 번 힘주면 그 다음은 자네가, 고러코롬 힘을 나누어야 혀." 그 말을 듣던 누군가가 크게 웃어버렸는지 그만 안감이 밀리고 말았다. 한 땀 한 땀이 소중한 것인데, 써야할 때 힘을 쓰지 못하고, 허튼 곳에 뱉어버렸으니…. 다시 시작이다. 꽃잔치를 준비하는 모습을 지켜보던 하늘은 그래도 기특한지 오랜만에 아무 생각 없이 웃는다.

벚꽃나무 아래 신발을 벗어놓고 앉았다. 조금 걸었다고 엄지발가락이 벌겋게 달아오르고 볼이 퉁퉁 부었다. 발가락을 꼼지락 거리자 그 사이로 벚꽃 잎 한 장이 스며들었다. "크악~아, 발 냄새!" 내 발가락이 더 놀래서 두 발가락이 크게 입을 벌렸다. 소리에 놀란 꽃잎이 내 발 주변으로 떨어지는 꽃잎을 "후우-" 하고 불어버린다. 꽃잎이 떨어지는 시간을 맞춰 손바닥을 갖다 댄다. 손바닥 위에 꽃잎이 살포시 내려 앉는다. 아, 이 감촉!

도서관 뜰에서 일하시던 아주머니들도 벚꽃 흐드러진 모습에 손을 놓고 앉아 있다. 비닐 봉지에서 뭔가 꺼내서 돌리고 있는 걸 보니 누구네 집 제삿떡이 틀림없다. 누구든 이런 날 일하고 싶으랴. 나도 야외수업으로 급대체하고 싶은 마음 굴뚝같다. 하늘을 올려다본다. 참, 오랜만이다. 하루 한 번 하늘 보는 일이 뭐 그리 어려운 일인가. 어머니 늘 하시는 말씀, "허천더레만 베리지 말앙 우아래도 좀 봐가멍 살지 안허영. 거 무시거라 젊은 사름이. 수세미 박박 모지려분 거 모냥." 내가 아니면 도통 알아들을 수 없는 우리 어머니만의 수사법. 아, 지겨워.

하루 일과를 마치고 돌아오는 택시 안에서 '수은등 아래 벚꽃'을 본다. 황지우 시인은 이런 밤을 "피안에서 이쪽으로 터져 나온 꽃들이 수은등을 받고 있을 때 그 아래에선 어떤 죄악도 아름다워 아무나 붙잡고 입 맞추고 싶고 깬 소주병으로 긋고 싶은 봄밤이었다."고 고백한 적 있다. 나도 택시에서 내려, 수은등 불빛아래 벚꽃잎처럼 누워 아무나 붙잡고 얘기하고 싶었다.

"엄마, 언제 오세요?"라는 문자를 내팽개치고 이 한밤은 엄마도 아니고, 그 누구도 안 되어 봄바람처럼, 벚꽃잎처럼 아무 데나 가고 싶다. 어디 그런 결연함이 내게 있어, 그렇게 널브러질 수 있겠는가. 결연은 순수로부터 나오는 것. 이미 사족이 돼버린 옷을 벗고, 구두를 하수구창에 끼워두고, 도수 높은 안경도 벗어던질 수 있다면…. 그제서야 나는 자유로울 수 있으리. 방사능비가 변수다.

삼성혈 1번지

그 방에서 나오는 내밀한 소음에 안절부절 하곤 했다. 하지만 그 덕분에 내 상상력은 늘 벽을 넘나들곤 하며 꽤 짜릿했다. 그런 밤에는 글이 참 잘 써졌다. 신경이 곤두섰기 때문이리라. 작년에 썼던 마음 풍경은 거의 그 방에서 나온 것이라 내 글의 원산지는 삼성혈 산 1번지라 해야겠다.

아이 둘이 골목에 들어서니 꽉 찬 느낌이다. 설레임 반 두려움 반으로 다시 찾은 골목. 유현이는 "수빈이는 잘 있을까요?"하고 묻는다. 덩달이 유리도 "꽃할머니도 아직 그 집에 살고 계실까요?"라고 묻는데, 자신이 없다. 거무죽죽 곰팡이 피었던 골목이 환해졌다. 골목 어귀 이층집이 연둣빛으로 새 단장을 하고 어린이집 팻말을 달았다. 이층집 며느리가 어린이집을 시작했나 보다.

지난 봄까지만 해도 늘 오가던 길인데…. 한마당에 여러 채가 세 들어 살면서 사연도 참 많았다. 문간방에 세 들어 살던 아주머니가 어느 날 새벽에 늙은 고양이처럼 꺼이꺼이 울던 기억이 난다. 그러다 며칠 안 돼 집세도 밀린 채 야반도주를 했고, 카드대금 영수증과 신용정보기관에서 날아드는 등기부 우편을 모아둬야 할지, 폐기처분해야 할 지 한참 고민하던 때도 있었다. 어느 날 길거리에서 그 아주머니를 만났는데, 건강이나 잘 챙기며 살자는 인사만 하고 헤어졌다.

하루 벌어 하루 사는 인생들이 두려울 게 뭐 있겠는가. 다닥다닥 지붕을 이어 벽 하나를 겨우 방패막이 삼아 서로를 지탱하던 골목. 우리집 부엌 저편으로 벽돌을 이어 만든 바깥방에는 늘 젊은 총각들이 세 들어 살았는데 늘 데리고 오는 여자가 달랐다. 처음엔 여자 친군가 했는데 나중에 보면 여러 날을 기거하고 있어 동거하는구나 싶으면 어느 날은 머리채를 잡고 싸웠다. 그러다 어르고 달래서 잠이 드는 모양인지 잠잠해지곤 했는데 그 방과 내가 쓰던 방이 칸막이 하나로 막힌 셈이라 내내 신경이 쓰이고 그 방에서 나오는 내밀한 소음에 안절부절 하곤 했다. 하지만 그 덕분에 내 상상력은 늘 벽을 넘나들곤 하며 꽤 짜릿했다. 그런 밤에는 글이 참 잘 써졌다. 신경이 곤두섰기 때문이리라. 작년에 썼던 마음 풍경은 거의 그 방에서 나온 것이라 내 글의 원산지는 삼성혈 산 1번지라 해야겠다.

"엄마, 개나리가 없어졌어요." 유리가 뒤따라오는 나를 보고 소리친다. 작년 3월 22일 날 찍은 사진과 비교해봤더니 그 변화가 확연하다. 한창 피어있을 거라 기대하고 왔는데 그 개나리가 사라지고 말았다. 밑둥이 싹뚝 잘린 채 펴런 잎사귀만 무성하다. 이맘때 이 골목의 진미는 저 개나리였는데 그새 잘리고 말았다. 참, 이상도 하다. 그 집 주인 아주머니 참하고 수더분하니 꽃을 무척 아낄 것 같았는데, 무슨 심경의 변화라도 있었던 것일까. 유리가 개나리가 사라진 것에 애석해하는 사이, 유현이는 예전에 살던 집 대문 안을 유심히 바라보고 있다. 혹시 새로 이사 온 사람이라도 만날까 잔뜩 긴장된 모습이다. 하지만 그럴 필요는 없다. 이 골목 사람들은 대낮에 거의 얼굴을 볼 수 없다. 밤이 늦어야 사람 사는 소리가 들린다. 새벽 퇴근인 사람 반, 새벽 출근인 사람이 반이라 한낮에는 거의 사람들을 볼 수 없다. 대신 아이들 소리만 이 골목을 떠들썩하게 채우곤 했다. 부모들이 일나간 사이 아이들은 이집 저집으로 모이곤 하였는데 우리 집이 그 센터 역할을 했다. 우리 집 냉장고가 제일 크고, 우리 집 마당이 그중에는 제일 넓었기 때문이다.

대문 안에 들어서는데 낯익은 이름의 우편물이 보인다. 주소지를 다 옮긴다고 했는데 아직도 이전되지 않은 우편물이 있었던 거다. 내 이름 석자가 또렷이 보이는데 왜 이렇게도 미안한지. 주인이 거두어가지 않은 시간을 혼자 오도카니 있었을 우편물들. 손으로 먼지를 스윽 쓸며 해후의 기념 촬영 한 컷. 한 무더기의 우편물을 챙기고 좀 더 마당 안으로 들어서본다. 발자국 소리를 죽여 몰래 들어가 보는데 인기척은 없다.

아, 저기 저~ 히야신스다. 반 평 남짓 마당에 히야신스가 아직도 우리를 기다리고 있었다. 그때도 저렇게 꽃이 피면 드러눕기 시작하더니 그 모습도 여전하다. 유현이가 "히야신스다!" 소리치며 달려든다. 그도 그럴 것이 저 꽃은 자기 거라며 수돗가에 호수 틀어놓고 시도 때도 없이 물을 주곤 하였다. 아, 그런데 그 옆에 심어져 있던 도라지꽃! 도라지

꽃은 사라지고 말았다. 아, 기억 속의 푸른 꽃!

의자가 있는 풍경

바다로 이어지는 보리밭 길을 한참 걸어 내려왔다. 해무가 보리밭을 돌며 보리 싹 깨우는 소리 들린다. 보리는 익어가고, 바다는 보리밟기에 한창이다. 그 가르마를 타고 나는 잠시 잃어버렸던 길을 돌아 나왔다.

드디어 가파도에 입성, 남의 뒤를 좇지 말자던 생각은 이내 사라지고, 습관처럼 사람들의 뒤를 따라가고 있었다. 대충 지리 감각이 생기자 살짝 옆길로 새어 청보리밭 사이로 들어갔다. 그래 봤자 거기서 거기. 좀 전에 보았던 사람들의 얼굴이 보이고, 어느새 마을 안길이다. 가파도 분교를 지나 고인돌 군락지 지나 가파도 서동 해안길을 따라 걷다가 일몰 포인트 지점에서 한 컷 찍고, 다시 옆길로 샌다는 게 다시 마을 안길로 들어오고 말았다. 이래서 뭘 잘 모를 때는 남의 뒤를 따르는 게 낫다.

남의 집 안마당을 기웃거리는 건 괜스레 설레인다. 담 너머로 나란히 걸린 투망 여럿 보이고, 집집마다 몽돌로 장식한 담장, 병을 깨서 둘러친 꽃밭, 그 안에는 나리꽃, 채송화, 맨드라미…한쪽 구석에 배롱나무 꽃잎이 벌겋게 달아오르고 있었다. 몇 해 전 보았던 풍경들이 그대로인 것 같아 반가웠다. 하지만 길모퉁이를 돌아서니 이게 웬걸, 늘어난 건 민박집과 식당, 정자나무에 적혀진 '페리카나 치킨' 전화번호가 큼지막하게 보였다. 동네 사람들은 보이지 않고, 보이는 사람은 다 나그네들 뿐이고.

고양이 한 마리 우두커니 창고 뒤 곁에서 지나는 행인들을 쳐다보고 있다. 그도 이미 풍경이 된 듯 꿈쩍도 않는다. 새끼 호랑이마냥 살찐 녀석을 보니 걸음하지 않는 이유를 알겠다. 주변에 널린 민박집과 식당, 그 사이만 돌아도 먹을거리가 쏠쏠찮게 나올 듯하다. 식당 골목을 빠져 나오니 반가운 풍경 하나 만난다. 녹슨 쇠의자 둘에 나무 의자 하나, 눈으로만 지긋이 앉아본다. 삐끄덕 거리는 소리 들린다. 어머니 무릎에서 나오던 연골 빠지는 소리. 의자 앞에 신발 벗어 놓고 내친 김에 양말도 훌훌 벗어재낀다. 돌 틈에 핀 번행초 옆구리에서 피식피식 노란 웃음 새어나온다. 눈에 환히 들어오는 노란 꽃에 시선을 두다가 "거 무시거라. 걸청어시." 울림통 큰 할아버지 목소리에 화들짝 옆을 돌아본다. 20미터 전방, 할아버지 세 분, 화살표처럼 앉아서 대화를 하는데, 낮술 거나한 모양이다.

바다로 이어지는 보리밭 길을 한참 걸어 내려왔다. 해무가 보리밭을 돌며 보리 싹 깨우는 소리 들린다. 보리는 익어가고, 바다는 보리밟기에 한창이다. 그 가르마를 타고 나는 잠시 잃어버렸던 길을 돌아 나왔다. 선착장에선 할머니, 할아버지들이 신작 메들리를 부르며 빙빙 돌고 있었다. "자옥아, 자옥아. 내 어깨 위엔 날개가 없어 널 찾아 못 간다. 내 자옥아."

삼영호가 대신 날개를 펴며 도착한 시간은 2시 15분, 약속된 나의 자유가 잘 접혀진 채 가방 속으로 들어가며 나에게 당부하였다. 신발 끈은 매지 말라고, 맨발로 걸어가라고.

돌담 속으로

제주섬 자체가 큰 돌담이라 본다면 그 안에 밭담, 집담, 올렛담, 원담, 성담, 산담… 참 많은 돌담들이 있다. 돌담에 의지한 바람의 역사, 돌담 안에서 거친 내면을 가다듬고 있는 제주 사람들.

비가 한차례 지난 후라 그런지 아직 덜 마른 흙들이 밭담 위에 젖은 몸을 누이었고, 바람은 돌담을 타고 고랑으로 흘러든다. 도로를 사이에 두고 이 밭과 저 밭 사이 서로 다른 풍경이 펼쳐지고 있다. 손 오른쪽 밭에서는 북제주 검은 화산토가 물을 머금고 밭이랑이 찰지게 봉긋봉긋 솟아오르고 있다. 그런가하면 왼쪽 편 밭에서는 해안가에서 밀려오는 해무가 밭고랑 고랑을 쓰다듬으며 군무를 펼치고 있다. 그 속에 들면 며칠 푸석한 낯과 가슴이 부풀어 오를 것만 같다.

어느 마을을 가든 돌담을 배경으로 사진 한 장 찍고 싶어진다. 고개 하나만치 등을 낮추고 떡 반 넘나들 너비만큼 거리를 두고, 납작납작 어깨를 걸고 있는 집들. 지붕은 하나같이 푸른빛이거나 귤빛, 어느 동에를 가든 새마을 바람의 흔적이 역력하다. 어촌마을 어느 촌로의 집인 듯 그물로 지붕을 꽁꽁 싸맨 집의 담벼락 옆에 깨진 블록 한 장, 버려진 타이어 세 개, 그 틈에 장다리꽃이 피었다.

누구네 집으로 들어가는 올레길인가. 올레길 입구에 걸어둔 우편함이 얌전하다. 마른 동백꽃잎을 따라 길 안으로 들어가면 내 친구 아무개가 '마농꽃'처럼 웃으면서 나를 맞이할 듯도 한데…. 개 한 마리도 얼쩡거리지 않는다. 말벗이라도 있으면 돌아 나오고 돌아 나오고를 반복하며 오래오래 걷고 싶은 올레길이다.

구멍만 보면 꼭 들여다보고 싶어진다. 담 구멍 속으로 남의 집 안을 엿본다. 집 뒤곁으로 어지러운 세간들이 보인다. 버려진 것인 듯한 텔레비전, 빨래 건조대, 삼태기가 보인다. 삼태기는 참 오랜만에 본다. 어렸을 때, 할머니께서 삼태기

짜는 모습을 많이 보았다. 칡줄기를 이리 꼬고 저리 꼬는데, 그 손놀림이 신기하기만 하였다. 하루 반나절이면 삼태기 하나는 거뜬히 짜고, 호야불 밑에서 사나흘에 두세 개씩 짜시기도 하셨다. 그것을 오일시장에 내다 팔고, 돌아오는 길에 간고등어, 보리쌀, 팥, 씨앗 같은 걸 사서 머리에 이고 오시던 모습이 눈에 선하다. 어떤 날은 내 운동화가 검은 비닐 속에 들어 있는 날도 있었다. 아, 할머니!

할머니는 내게 큰 유산 하나를 물려주셨다. 그것은 목소리이다. 어렸을 때 할머니의 음성을 들을 때마다 늘 '곱구나!' 생각했다. 예닐곱살 때인가 내가 자꾸 울어서 물에 빠뜨린다고 으름장을 놓던 일 말고는 크게 화를 내거나 혼낸 적이 없다. 아버지의 음성이 낮고 굵은 음성이었다면, 할머니는 낮고 가는 목소리를 가지셨다. 양 입술이 살짝 올라가며 웃는 모습이나 조분조분 참 듣기 좋게 말씀하시는 게 '우리 할머니는 신여성이었나 보다'는 생각을 갖게 했다. 사실 할머니는 무학無學에, 서른에 홀로 되셔서 평생 외아들 믿고 사셨다. 그런데 그 외아들마저 먼저 저 세상으로 가고, 끝내 치매를 앓다 가셨으니….

호박 줄기가 벌써 담 위로 기어오르고, 넝쿨 사이로 물탱크, 담 옆으로 칸나 꽃 두어 뿌리, 패트 병 하나, 담 구멍에 골갱이 하나가 걸쳐져 있다. 수돗가에는 빨간 대야, 장화 한 켤레, 플라스틱 빗자루 하나, 기다란 호스가 널브러져 있다. 정리되지 않은 세간들과 농사도구, 꽃들과 작물들이 오히려 정겹고 여유롭다. 농촌 살림은 밭일이 우선이지 집안일은 늘 뒷전이지 싶다. 절기상으로 입하 지나고 소만으로 접어들고 있으니 깨 씨는 뿌리고, 수박은 옮겨 심고, 양파는 거두어야 할 시기가 아닌가. 지나다 보니 수박은 이미 거둘 시기가 다 된 곳도 있었다.

가다오다 만나는 돌담 풍경. 오늘은 하도리 돌담 풍경에 마음을 빼앗겨 혼자 노닐다 왔다. 제주의 모든 풍경은 돌담을 배경으로 펼쳐지고 있다고 해도 과언이 아니다. 제주섬 자체가 큰 돌담이라 본다면 그 안에 밭담, 집담, 올렛담, 원담, 성담, 산담… 참 많은 돌담들이 있다. 돌담에 의지한 바람의 역사, 돌담 안에서 거친 내면을 가다듬고 있는 제주 사람들. 하지만 해안선 300여리를 두르던 환해장성은 이미 무너진 지 오래고, 날마다 불도저 소리 들리니 마음 한 켠이 무겁기만 하다.

해에게서 새에게로

사람보다 부지런한 게 새들이었고, 사람보다 예민한 건 바다였다. 물살은 바람에 제 몸을 온전히 내맡긴 채 하늘의 지시를 따르고 있었다. 간간이 새들이 물 가까이에 가서 제 몸을 헹구고 얼른 일어섰다.

12월 31일 아침 5시 37분, 슬그머니 일어나서 집을 나섰다. 한 해의 시작을 해와 함께 했듯이 한 해의 마무리도 해와 함께 하고 싶었나? 늘 시작은 다짐으로, 마무리는 반성으로 끝난다. 오래된 일기쓰기의 습관이다. 다짐하고, 반성하고…. 그러니까 삶은 관성의 법칙에 의한 자동운동일 뿐인가?

새해 아침을 지미봉 앞에서 맞이했던 기억이 난다. 지미봉 앞으로 차를 몰아 신양해수욕장으로 빠졌다. 해 뜰 시각은 다가오는 것 같았으나 해는 구름 속에서 꼼지락거릴 뿐, 새들은 성산일출봉 주위를 열심히 쓸고 있었다.

사람보다 부지런한 게 새들이었고, 사람보다 예민한 건 바다였다. 물살은 바람에 제 몸을 온전히 내맡긴 채 하늘의 지시를 따르고 있었다. 간간이 새들이 물 가까이에 가서 제 몸을 헹구고 얼른 일어섰다. 해를 맞이하려는 몸짓들은 여기저기서 조용히 부산스러웠다.

신양리에서 바람보다 힘이 센 건 스쿠터 할머니의 목소리였다. 아침 일찍 해녀의 집 일터로 나오시는 할머니는 완전무장한 채 씩씩하게 가방을 둘러메고 스쿠터에서 내렸다. 허리는 굽었으나 걸음은 빨랐다. 평생을 저렇게 아침을 열었을 것이다. 노인들에게서 배우고 싶은 것은 한결같음이다. 생존을 위해서는 앞뒤 돌아보지 않는 근면함, 어머니가 그랬듯이 어머니의 어머니도 그러했을 것이다.

7시 37분, 수면에 닿았던 해가 순식간에 미끈하게 솟아오른다. 멀리 우도의 성문이 활짝 열리면서 우도등대에서 빨간불 파란불이 번갈아 번쩍였다. 열두어 시간째 끙끙 앓던

산모의 배에서 쩌렁쩌렁한 아이의 울음소리가 솟아나는 것 같은 전율이 온몸에 퍼진다. 박두진의 시에서 '산 넘어 산 넘어서 어둠을 살라 먹고, 산 넘어서 밤새도록 어둠을 살라 먹은' 해를 이제야 몸으로 느낀다. 시를 몸으로 느낀다는 건 삶을 몸으로 느끼는 것과 같은 의미가 아닐는지.

새 한 마리, 나처럼 홀로 해돋이 구경을 나왔다. 허공이 제 집인 저 새는 무슨 생각으로 저곳에 깃을 내렸을까. 새에게도 한 해를 마무리할 게 있을까? 이런 어처구니 없는 생각을 하다가, 그런 너는 무슨 생각으로 이곳에 나왔니?라며 내게 묻는다. 또 반성하려고? 반성할 게 뭐가 있다고…. 왜 반성할 게 없겠는가 만은 새해는 반성하지 않기로 마음먹는다. 반성할 일은 만들지 않으며, 맘에 없는 반성도 때려치우기. 그러려면 내가 내 안에서 자유로워야 할 것이다. 쓸데없는 환상과 은유에 사로잡히지 말 것. 있는 그대로 보고, 듣고, 말할 것. 갖지 못한 것에 자책하지 말며, 갖지 못할 것을 바라지 말 것. 빚진 마음 빚진 돈 다 갚을 것. 이것이 다가오는 새해 다짐이다. 하루 앞서 다짐을 하니 비장함이 새롭다.

바람의 귀환

제주의 바람이 아니었으면 아주네 그 어린 것들이 물 설고 낯설은 인천 바닥에서 어찌 이겨 낼 수 있었을 것인가. 제주 김녕 바람에 굴리고 굴리어, 몽글아진 덕에 별탈없이 정착하고 살고 있는 것이려니. …제주바람이 세긴 세다.

아주가 왔다! 영평동 외할머니댁에 머물고 있다고 한다. 4시 30분까지 데리러 간다고 약속했다. 4시에 수업을 마치고, 반석 아파트를 지나 커브를 도는데 반사경에 '개미'라고 큰 글씨가 씌어있었다. 4시 28분에 아주 외할머니댁 앞에 도착했다. 아주는 일찌감치 챙겨서 할머니와 함께 밖으로 나와 있었다. 차에서 내려 아주할머니께 인사를 드렸다. '동글동글하니 아주가 외할머니를 닮았구나'고 속으로 생각했다.

"야, 옛날 살던 집 보고 싶지 않냐?"

"안 그래도 아침에 산책 겸 걸어서 영평상동 갔다 왔어요. 옛날 살던 집도 보구요."

"그래? 지난 번 나도 한번 우연히 들렀는데, 여전하더라…."

아주 말대로 집은 그대로였다. 방충망도 그대로고, 아령이가 창문에 붙여논 스티커도 여전했다. 그 사이에 아무도 이사를 안 왔나? 벌써 몇 년 전인데….

"아, 진짜 옛날 생각난다. 진짜 그대로네."

아주가 창문에 붙여진 스티커를 한참이나 손으로 문지르면서 자꾸 말을 되뇌었다.

"그대로네. 그대로."

10년이란 시간이 흘렀지만 집은 변한 게 별로 없었다. 자물쇠도 여전하고, 수돗가도 여전하고, 화장실도. 창문에 들러붙은 나비, 물고기, 곰돌이 스티커는 눈·코·입이 희미해져가고 있을 뿐이었다. 손으로 자꾸만 문지르는 아주의 손을 쳐다보았다. 저 손으로 공부를 했구나.

담벼락에 기댄 감나무는 감들을 다 떨구어 넓적한 잎사

귀들만 무성했다. 옆집 개가 낯선 사람이라고 컹컹 짖어대는데, 감 잎사귀가 내 얼굴에 떨어졌다. 가슬거리는 게 물에 녹여 말린 삼베천이 스친 느낌이었다. 감잎을 옆으로 쳐내며 고개를 젖히는데, 우영팥에 할머니 한 분이 김을 메는 게 보였다. 왼 손에는 골괭이를 잡았으나 오른쪽 손만 부지런히 놀리는 걸 보니 소일거리 삼아 밭을 매는 모양이다 생각했다.

"옆집 살았던 사람이우다."

"어, 난 골아도 모르크라. 헛일삼아 검질 맴주게."

"친구들이 제주도에서 왔다니까 사투리 해보라고 하는데, 기억이 잘 안나더라구요."

"그래도 10여년 살았으니 기억나는 말도 있겠지?"

"네, 아주 조금요. 무사? 무사, 그 말이 제일 기억나요."

아주는 오랜만에 듣는 사투리가 재밌다고 했다. 내가 하는 말을 들으면서 연신 쿡쿡 웃어댔다. 나는 놀려주느라고 더 심한 사투리가 뭐가 있을까 궁리해가면서 말을 했다.

"먹구졍헌거 어서?"

"먹고 싶은 거 없냐구요?"

“어, 알아듣네? 어, 먹고 싶은 거 있으면 말해. 내가 다 사 줄게.”

“아령이가 제주도 가면 해장국 꼭 먹고 오라고 했어요. 아빠가 사준 해장국 맛있었는데…미풍 해장국 아직도 있어요?”

“해장국? 야, 해장국은 내일 아침 먹고, 저녁엔 다른 걸 먹어야지.”

“그럼… 흑돼지요.”

“그래, 그게 좋겠다.”

‘삼다가’ 식당은 벌써부터 저녁손님으로 꽉 차 있었다. 구석에 자리를 잡고 고기 2인분에 맥주 한 병에 소주 한 병도 시켰다. 아주는 스무살 된지 열 흘밖에 안됐는데, 아빠를 닮아서 소주 한 병은 거뜬하단다. 웃음밖에 안 나왔다. 그래도 예뻤다.

“근데 너는 어떻게 그렇게 공부를 잘했냐?”

“하하… 저도 신기해요. 어떻게 하다 보니까 그렇게 됐어요.”

“너 정말 인천 이사 간 뒤로 쭈욱 1등만 한거야?”

"하하… 그랬나봐요."

"나, 참. 공부 잘하는 비결이 뭔데?"

"뭐 없어요. 그냥 했어요. 책도 좀 보고…"

"아니 그냥 되는 게 어딨어? 뭔 비결이 있겠지?"

"그냥 학교에서 가르쳐준대로 공부하구요. 모르는 거 있으면 인터넷 강의도 좀 듣고 그랬어요."

"나, 참…어쨌든 축하한다야. 너희집 가문의 영광이다야~!"

"하하하…."

그냥 바라보고만 있어도 흐뭇했다. 아주네가 이사 가기 전 생각도 스쳐지나가고, 아주 엄마와 나누던 이야기들도 자꾸 맴돌았다. 남의 집살이 하며 한참 힘들었을 때 아주 아빠 직장 그만두는 바람에 아주 엄마 많이 힘들었는데…. 그런데 이제는 아주가 이렇게 다 커서 내로라 하는 대학에 진학도 하고, 고향 보고 싶다며 여행도 오고….

"선생님은 예전 그대로예요. 하나도 안 변했어요."

"아, 정말? 여전히 예뻐?"

"……."

"선생님은 옛날 살던 집에 그대로 살아요?"

"어떤 옛날 집?"

"왜 있잖아요. 창호지 구멍 뚫리고, 유리네 벽에다 딸기밭 그려놓고 막 그런…"

또 한 번 크게 웃었다. 아주는 삼성혈 그집이 생각나는 모양이다. 그집에서 나와 일년밖에 안 됐는데, 어느 옛날처럼 까마득하다. 그집에 살 때는 글도 많이 썼는데…. '휘날리는 해방구', '향랑자의 잠'… 등이 그집에서 쓴 글들이다. 그리고 시집 한 권 묶어냈으니, 가난이 내게 준 선물치고는 황송할 따름이다. 지붕을 덧댄 방에서 써내려가던 마음풍경들, 생각하니 낯설고 아득하다. 그때 나는 바퀴벌레의 촉수처럼 예민해져서 자다가도 벌떡 일어나곤 하였다. 굳이 되돌아가고 싶지 않은 과거지만 그때는 현재를 파먹으며 미래의 양식을 준비하던 베짱이 시절이었다. 그때 그 시간 속에 아주도 풍경처럼 앉아 있었다는 것을 아주의 기억을 통해서 새삼 알았다. 우리는 따로 또 같이 그 시간들을 건너온 것이다.

저녁을 먹고나니 아주는 바다를 보고 싶다고 했다. 해안도로를 따라 도두 포구까지 드라이브를 하기로 했다. 도두 포구에 정박해 있는 배들이며 왜가리도 보았다. 아주는 제주바다를 가슴에 담아두고 싶다며 사진을 열심히 찍었다. 방파제까지 넘치는 파도, 머리카락 흐트러놓는 바람, 돌담에 새겨진 시, 바위 위에 앉은 새…. 스무살 아주는 예민한 감촉으로 제주를 온몸으로 기억할 것이다.

"이제 가면 언제 올지 모르겠어요."

"그러겠지. 그래도 오고 싶으면 그냥 와. 제주바람이 너를 키웠는데…."

생각 없이 그 말이 튀어 나와버렸다. 하지만 돌아오는 길에 맞는 말 잘했다고 생각했다. 제주의 바람이 아니었으면 아주네 그 어린 것들이 물설고 낯설은 인천 바닥에서 어찌 이겨 낼 수 있었을 것인가. 제주 김녕 바람에 굴리고 굴리어, 몽글아진 덕에 별탈없이 정착하고 살고 있는 것이려니. 제주바람이 세긴 세다.

강은미

제주에서 나고 자랐으며 대학에서는 독문학, 철학, 문예창작을 공부하였다. 지금 현재 한국작가회의 회원이다. 어려서 '말 몰 래기'라 불리울 정도로 지독히 수줍은 성격을 지닌 탓에 혼자 읽고 쓰며 노는 습관을 가지게 되었다. 그것이 업이 되고 낙이 되어 겨우, 보란 듯이 살아가고 있다. 책읽기와 글쓰기는 그 무엇보다도 치유와 성장의 힘이 있다는 것을 믿는다. 하지만 늘 앎과 삶이 유리되는 현실에 괴로워하면서 늘 방황하고 있다. 그러기에 나를 다독이고 부추기며 채근하는 글쓰기는 여전히 유효하다.『현대시학』'시조부문 신인상'으로 등단했고, 펴낸 책으로는『생각을 건축하라-NIE 이해와 실제』(이미지북, 2012), 시집『자벌레 보폭으로』(한국문연, 2013) 등이 있다.

이메일 : geul1045@hanmail.net

지혜사랑 산문선

정오의 거울

발 행 2016년 8월 15일
지 은 이 강은미
펴 낸 이 반송림
편집디자인 김지호
펴 낸 곳 도서출판 지혜
계간시전문지 애지
기획위원 반경환 이형권 황정산
주 소 34624 대전광역시 동구 선화로 203-1. 2층 도서출판 지혜 (삼성동)
전 화 042-625-1140
팩 스 042-627-1140

전자우편 ejisarang@hanmail.net
애지카페 cafe.daum.net/ejiliterature

ISBN : 979-11-5728-198-5 03810
값 12,000원